Danke für dein Engagement!

Jedes Jahr landen mehrere Millionen Tonnen Plastikmüll in unseren Meeren und Ozeanen.

Gemeinsam können wir unseren Beitrag dazu leisten, etwas zu verändern.

Mit dem Kauf dieses Buches unterstützt du gemeinnützige Organisationen, die sich für den Schutz und die nachhaltige Nutzung unserer Meere, Wellen und Küsten einsetzen. So fließen **50 Prozent** der Autorenerlöse direkt an die *Surfrider Foundation Europe* und das *Clean Ocean Project*.

www.surfrider.eu
www.cleanoceanproject.org

Für Jannes

Sven von der Heyde

Der Wellenreiter

Ein Coaching-Roman für Sinnsucher

Bibliografische Information der Deutschen Nationalbibliothek:
Die Deutsche Nationalbibliothek verzeichnet diese Publikation in
der Deutschen Nationalbibliografie; detaillierte bibliografische
Daten sind im Internet über http://dnb.dnb.de abrufbar.

© 2017 Sven von der Heyde

Coverfoto: Melanie Alexandra
Covergestaltung: Julija Grasis
Illustration: dervish 15/fotolia.com

Herstellung und Verlag: BoD – Books on Demand, Norderstedt
ISBN 978-3-7431-3685-4

Ich lag auf dem Boden meines Badezimmers. Vor meinen Augen verschwammen die schwarzen Kacheln an der Wand wie Mosaiksteine, die ich vergeblich versuchte, zu einem stimmigen Gesamtbild zusammenzufügen. Je mehr ich mich darauf konzentrierte, klar zu sehen, desto stärker schmerzte mein Kopf. Mein Körper war unglaublich schwer und träge. Es war, als ob mich jemand in Blei gegossen hätte. Neben mir auf dem kalten Boden lag, eine Armlänge entfernt, mein Handy, auf dem gefühlt jede Sekunde eine neue Nachricht einging. Das ununterbrochene Aufblinken des Bildschirms trieb mich fast in den Wahnsinn.

So sammelte ich meine letzte Kraft und erreichte schließlich in Schildkrötengeschwindigkeit das Gerät, das mich 24 Stunden am Tag mit meiner Außenwelt in Verbindung hielt. Es war zum wichtigsten Gegenstand in meinem Leben geworden und auch jetzt hatte ich die Hoffnung, dass es mich aus dieser scheinbar ausweglosen Situation befreien würde.

Doch dazu musste ich ja zumindest eine Tastenkombination wählen und wissen, wen ich um Hilfe bitten wollte. Zwei Rettungssanitäter, die mich auf einer Trage aus meiner Yuppie-Wohnung im Frankfurter Westend zum Krankenwagen schleppen würden? Meine Mutter, bei der ich mich seit über einem Monat nicht gemeldet hatte? Meine Freunde, von denen keiner in dieser Stadt wohnte? All diese Optionen brachten mich in Erklärungsnöte und bereiteten mir schon jetzt ein schlechtes Gewissen.

Also rief ich die Person an, von der ich wusste, dass sie um zwei Uhr nachts genauso wie ich immer noch erreichbar war. Es klingelte drei Mal, bevor Paul den Anruf entgegennahm.

Wir hatten uns beim BWL-Studium in St. Gallen kennengelernt und vor drei Jahren bei einer renommierten Unternehmensberatung begonnen. Unsere Arbeitswoche hatte häufig 90 Stunden. Nachtschichten gehörten für uns zur Normalität. Das Tageslicht hatten wir lange nicht mehr gesehen und an Urlaub war momentan nicht zu denken. Natürlich sagten wir immer, dass wir dieses Pensum nur eine gewisse Zeit durchziehen würden, um uns in zehn Jahren zurückzulehnen und Mojitos im Sonnenuntergang zu trinken. Doch wenn ich mir jetzt vorstellte, dieses Tempo nur noch einen einzigen Tag durchhalten zu müssen, schnürte es mir die Kehle zu.

»Hi Felix, wie sieht's aus?«, fragte Paul. Dabei klang seine Stimme zwar freundlich, doch zugleich ließ er keinen Zweifel daran, dass er möglichst schnell zum Business übergehen wollte. In unserer Welt gab es keinen Platz für belanglose Einblicke in unsere Gefühlswelt, wir waren auf Effizienz getrimmt.

»Ich glaub, ich hab ein Burn-out«, erwiderte ich.

»Kenn ich«, antwortete er lachend, »hab ich seit unserem ersten Semester in St. Gallen. Wie weit bist du mit der Präsentation?«

Bis vor fünf Minuten hatte ich auf Hochtouren daran gearbeitet.

»Paul«, versuchte ich es erneut, »ich lieg hier auf dem Badezimmerboden und kann mich nicht bewegen.«

»Bist du in der Badewanne ausgerutscht oder was?«, fragte er fast herausfordernd.

Wenn ich bei einem Projekt unter besonders großem zeitlichen Druck stand, ging ich manchmal nachts vom Schreibtisch direkt ins Bad, sprang unter die Dusche und tat so, als ob ich geschlafen hätte. Es war ein mentaler Trick, um dem Körper einige Stunden erholsamen Schlaf vorzugaukeln.

Paul schien den Ernst der Situation jedoch nicht zu begreifen. Für ihn – und bis vor ein paar Minuten auch für mich – musste es einen einwandfreien und sichtbaren Grund geben, warum kurzfristig einer von uns beiden außer Gefecht gesetzt war. Dazu zählten zum Beispiel eine Haiattacke, ein Terroranschlag und vielleicht ein gebrochenes Bein nach einem Badewannenunfall. Eine körperliche Lähmung, die durch einen mentalen Erschöpfungszustand verursacht wurde, passte nicht in unser Selbstbild.

Also sagte ich schließlich: »Ja, Mann, ich hab mir ein Bein gebrochen, komm mal rüber!«

***

15 Minuten später schloss Paul mit meinem Zweitschlüssel die Wohnungstür auf. Vor einigen Wochen hatte ihn seine Freundin verlassen und so hatte er zahlreiche Nächte auf meiner Couch verbracht. Den Schlüs-

sel besaß er zum Glück immer noch. Als er mich auf dem Boden liegen sah, schüttelte er nur den Kopf.

»Das sieht erbärmlich aus, Alter! Versuch, dich mal irgendwie hochzuziehen!«

»Wenn ich das schaffen würde, hätte ich dich wohl kaum angerufen«, brach es aus mir heraus.

Paul machte keine Anstalten, mir zu helfen, und setzte sich stattdessen neben mich auf die Kloschüssel. Seine kräftigen schwarzen Haare waren ein wenig zerzaust, doch wirkte er überhaupt nicht müde. Er gehörte zu den beneidenswerten Menschen, die trotz hoher Arbeitsbelastung immer topfit aussahen. Als er nach kurzer Zeit merkte, dass ich unser gewohntes Spiel von coolen Sprüchen und halb spielerisch, halb ernst gemeintem verbalen Kräftemessen nicht mitspielte, verstand er, wie es um mich bestellt war.

»Vielleicht hast du recht«, sagte er schließlich sichtlich betroffen. »Und es ist tatsächlich ein Burn-out.«

Ich wusste nicht, ob ich erleichtert darüber sein sollte, dass er es endlich verstanden hatte, oder niedergeschlagen, weil meine laienhafte Diagnose von ihm bestätigt worden war.

»Aber dein Bein«, fügte er hinzu, »scheint in Ordnung zu sein. Du fliegst jetzt für eine Woche in das Haus meiner Eltern nach Südspanien in die Sonne und lädst die Akkus auf. Zu deinem 30. Geburtstag am nächsten Freitag bist du wieder hier. Wir schmeißen eine dicke Party und am Montag starten wir wieder durch.«

So tickten wir Berater. Wenn jemand anderes ein Problem hatte, fanden wir innerhalb kürzester Zeit eine Lösung. Noch bevor ich etwas erwidern konnte, hatte sich Paul bereits meinen Laptop geschnappt und suchte nach passenden Flügen für mich.

***

Nur 18 Stunden später saß ich am Frankfurter Flughafen. Nicht, wie gewöhnlich, im frisch gereinigten Anzug, sondern leger gekleidet zwischen gut gelaunten Touristen. Paul hatte mich in der Nacht wie ein kleines Kind in mein Bett getragen und dann am nächsten Morgen weitere Details meiner Reise geplant. Als ich am Nachmittag aus meinem komatösen Schlaf erwacht war, hatte er bereits meinen Koffer gepackt und ein kleines Dossier mit allen wichtigen Reiseunterlagen in meine Laptoptasche gesteckt. Mit leichtem, wohlwollenden Zwang hatte er mich in ein Taxi verfrachtet und so war mir nichts anderes übrig geblieben, als mich zu fügen. Der Schlaf hatte mir ein wenig Energie zurückgebracht und so konnte ich mich zumindest wieder im Schneckentempo bewegen und ein Bein vor das andere setzen.

Ich verspürte jedoch eine große innere Leere und auf meine Mitmenschen musste ich ein ziemlich jämmerliches Bild abgeben. Apathisch und noch leicht benommen stand ich erst von meinem Sitz auf, als die Stewardess zum dritten Mal die Fluggäste darauf aufmerksam machte, dass das Flugzeug nach Jerez de la Frontera nun zum Einsteigen bereit sei.

Als mich die Schubkraft der Turbinen beim Start in den Sitz drückte und ich realisierte, dass ich in diesem Zustand alleine eine Reise antreten sollte, erfasste mich ein Gefühl der panischen Hilflosigkeit. Meine Sitznachbarin, eine ältere, sehr elegant gekleidete Dame, bemerkte meine Panikattacke und fragte mich einfühlsam, ob ich an Flugangst leide. So, wie ich Paul erzählt hatte, dass ich mir ein Bein gebrochen hätte, wählte ich auch in dieser Situation den einfachsten Weg und bejahte ihre Frage. Auf diese Weise konnte ich wenigstens noch mein Gesicht wahren. Doch als mir einige Minuten später die Tränen über die Wangen liefen, war auch ihr klar, dass es sich in meinem Fall um mehr als Flugangst handeln müsste.

»Junger Mann«, sagte sie mit ihrer sanften Stimme, »ich weiß zwar nicht, warum es Ihnen so schlecht geht und es geht mich auch eigentlich nichts an. Aber lassen Sie mich Ihnen einen Rat geben. Suchen Sie sich Hilfe! Es gibt Momente im Leben, in denen selbst die Stärksten von uns jemanden an ihrer Seite benötigen. Jemanden, der uns auf den rechten Weg zurückführt und uns hilft, die eigenen Heilungskräfte zu aktivieren.«

Mit ihren weisen Augen blickte sie mich dabei liebevoll an und drückte meine Hand. Sie erinnerte mich an meine verstorbene Großmutter. Ich fühlte mich in eine ferne Zeit zurückversetzt und ich hätte schwören können, dass der liebliche Geruch von Pfannkuchen für einen winzigen Augenblick durch das Flugzeug zog. Wenn es mir als kleines Kind schlecht ging, hatte meine Großmutter immer gesagt, dass Schlaf die beste Medizin sei und so ließ ich mir von der Stewardess einen Whiskey bringen und schloss die Augen.

Ich wachte erst wieder auf, als mich meine Sitznachbarin am Ärmel zupfte und auf die leeren Sitzreihen vor und hinter uns verwies.

»Wir sind da«, sagte sie. »Ich wünsche Ihnen eine gute Reise. Und denken Sie an meinen Rat!«

Während ich am Gepäckband auf meinen Koffer wartete, blickte ich in die Reiseunterlagen, die mir Paul mitgegeben hatte. Er hatte einen Mietwagen reserviert und mir die Wegbeschreibung zum Haus seiner Eltern ausgedruckt. Es lagen noch zwei Stunden Autofahrt vor mir und es war bereits elf Uhr abends. Also holte ich mir einen starken spanischen Kaffee und verließ eine halbe Stunde später den Flughafen in meinem Mietwagen gen Norden.

Bereits nach 50 Kilometern merkte ich, wie ich zu blinzeln begann. Doch auch der Energydrink, den ich mir daraufhin an einer Tankstelle kaufte, ließ in seiner Wirkung relativ bald nach. Wie in Trance steuerte ich auf die nächste Ausfahrt zu. Ich war so müde, dass ich nicht mehr in der Lage war, die Schrift auf den Schildern zu entziffern. Nur das Wort *Playa* konnte ich noch erkennen.

Wie ein verdurstender Reisender in der Wüste mit letzter Kraft eine Oase erreicht, gelangte ich schließlich an einen kleinen, verlassenen Parkplatz am Strand. Ich stolperte aus dem Auto und sog die frische Meeresluft ein. Wie lange hatte ich nicht mehr das Rauschen des Ozeans gehört? Auf einem kleinen Weg taumelte ich zum Strand und ließ mich in den Sand fallen. Die Sterne funkelten am Himmel und mein letzter Gedanke, bevor ich die Augen schloss, war, dass meine Sorgen im Vergleich zu den unendlichen Weiten des Universums ziemlich unbedeutend sein mussten.

Mit den ersten Sonnenstrahlen am Morgen erwachte ich aus meinem Albtraum. Ich hatte in einem Schlafanzug in einem Büroraum gestanden und einen zusammenhangslosen Wust an Zahlen vor edel gekleideten Klienten präsentiert. Am Ende meiner Präsentation hatte der Mann mit Nickelbrille gesagt: »Das war die schlechteste Performance, die ich je gesehen habe! Sie können jetzt gehen.«

Es war ein immer wiederkehrender Albtraum, der in den vergangenen Wochen zu meinem treuen Begleiter in der Nacht geworden war. Mein Rezept gegen diesen Quälgeist waren noch weniger Schlaf und Tabletten gewesen. Es hatte offensichtlich keine positive Wirkung gezeigt.

Ich schüttelte mich kurz und blickte aufs Meer. Nebelschwaden verhüllten die Sicht und erzeugten eine fast surreale Stimmung. Die Wellen waren bestimmt dreieinhalb Meter hoch und glichen geraden Linien, die in gleichmäßigen Abständen in die Bucht rollten. Der Wind wehte sanft vom Land und sorgte dafür, dass die Wellen sich steil auftürmten und erst sehr nah am Strand brachen. Einige Vögel flogen knapp über der Wasseroberfläche entlang und verschwanden schließlich aus meinem Blickfeld. Es war ein paradiesisch anmutender Ort, dessen Schönheit mich sofort ergriff und meinen Albtraum durch einen Tagtraum ersetzte.

Plötzlich schoss aus einem Wellentunnel nicht weit entfernt von mir eine Gestalt heraus. Ich rieb mir verwundert die Augen. Es war ein Wellenreiter, der auf seinem Surfboard scheinbar mühelos diese Berge aus Wasser abritt. Doch wo war er auf einmal hergekommen und wie konnte es sein, dass ich ihn bisher nicht wahrgenommen hatte? Neugierig fokussierte ich meinen Blick auf den Surfer, der nun wieder aufs Meer hinaus paddelte. Sein wasserstoffblondes Haar war auch von Weitem zu erkennen. Mit seinem Brett tauchte er unter den heranrollenden Wellen hindurch, nur um kurz darauf die nächste Welle zu surfen. Er schien eins zu sein mit dem Element Wasser. Es war ein fantastischer Anblick und ich hätte ihm stundenlang nur zuschauen können.

Mit einem besonders gewagten Manöver surfte er seine letzte Welle bis zum Strand, klemmte sich sein Brett unter den Arm und kam auf mich zu. Er hatte einen durchtrainierten Körper und nur die Falten um seine leuchtenden Augen verrieten sein fortgeschrittenes Alter. Er wirkte wie eine Lichtgestalt, die den Fluten entsteigt und den Zuschauer allein durch seine inspirierende Ausstrahlung dazu ermutigt, eine bessere Version seiner selbst zu sein.

»Ein herrlicher Morgen«, sagte er mit einer tiefen, sanften Stimme und ließ sich dabei neben mir im Sand nieder. Mit seinen ozeanblauen Augen schaute er mich an und fragte: »Wer bist du?«

Hätte mir eine andere Person diese Frage gestellt, hätte ich wahrscheinlich routinierten Smalltalk betrieben und etwas Belangloses geantwortet. Doch etwas in der Stimme und im Blick des Wellenreiters ließ mich erahnen, dass er keine schnelle und oberflächliche Antwort auf seine Frage erwartete. Demonstrativ richtete er seinen Blick von mir zum Meer und gab mir Zeit zum Überlegen.

»Ich bin Felix«, brachte ich endlich heraus. »Ich weiß momentan, um ehrlich zu sein, weder, wer ich bin, noch, wer ich sein möchte.«

Meine Ehrlichkeit überraschte mich selbst. Wie kam ich dazu, mich einem Fremden so zu offenbaren?

Weise lächelnd entgegnete er: »Das sind sehr gute Voraussetzungen.«

Verständnislos blickte ich ihn an.

»Selbsterkenntnis, so sagten schon die alten Griechen, ist der erste Schritt zur Entfaltung der eigenen Persönlichkeit. Wenn du weißt, dass du nichts weißt, bist du schon wesentlich weiter als die Mehrheit der Menschen.«

Der Surfer schien nicht nur ein Meister in den Wellen zu sein, sondern auch ein Philosoph. »Und wer bist du?«, fragte ich ihn neugierig.

»Die Leute in der Region nennen mich Bodhi.«

Ich musste unweigerlich an den Film *Gefährliche Brandung* denken, der mich als Jugendlicher sehr beeindruckt hatte. In dem Film geht es um einen spirituell angehauchten Surf-Guru namens Bodhi, der nebenbei Banken ausraubt und so seinen Lebensstil finanziert. Bodhi steht für die Kurzform des sanskritischen Namens Bodhisattwa, der Erleuchtete. Ich konnte verstehen, warum man den Wellenreiter, der neben mir im Sand saß, so nannte.

»Warum bist du hier?«, fragte er.

Wieder hatte ich das Gefühl, dass es ihm nicht nur um die Geschichte der vergangenen 48 Stunden, sondern um eine Erklärung von größerer Bedeutung ging. Warum bin ich auf dieser Erde, hat mein Leben sogar so etwas wie einen übergeordneten Sinn?

Als ich wieder mit meiner Antwort zögerte, fügte er hinzu: »Weißt du, diese Bucht ist ein magischer Ort. Er zieht Sinnsucher wie dich auf unerklärliche Weise an und lässt sie meistens erst gehen, wenn sie für sich stimmige Antworten auf diese Fragen gefunden haben.«

Das war mir nun doch ein wenig zu dick aufgetragen. Nicht nur er selbst sollte quasi ein Heiliger sein, auch die Bucht sei nun angeblich mit einer speziellen Energie aufgeladen. Auf einmal erfasste mich wieder diese innere Unruhe, die ich nur allzu gut kannte. Am Strand herumzusitzen und unproduktiv über das Leben zu philosophieren, war nicht mein Ding. Schließlich musste ich ja auch noch zu meinem Zielort weiterfahren. Nervös spielte ich mit meinen Füßen im Sand.

Bodhi brauchte keine Sekunde, um mein plötzlich aufkommendes Unbehagen zu deuten, und sagte: »Tut mir leid, dass ich dich hier am frühen Morgen so überfallen habe. Es hat mich sehr gefreut, dich kennenzulernen.«

Noch bevor ich etwas entgegnen konnte, war er bereits auf dem Weg zum Meer und stürzte sich mit seinem Brett erneut in die Wellen. Verwirrt stand ich auf und ging den kleinen Weg zum Parkplatz hinauf. Was für eine seltsame Begegnung, dachte ich.

Als ich den verstaubten Parkplatz erreichte, war mein Mietwagen spurlos verschwunden. Hektisch schaute ich nach rechts und links, doch weit und breit war kein einziges Auto zu sehen. Verzweifelt wühlte ich in meinen Hosentaschen und bemerkte erst in diesem Moment, dass ich den Schlüssel wohl in meinem desolaten Zustand im Zündschloss des Wagens hatte stecken lassen. Was für eine unfassbare Dummheit! Nun waren mit dem Auto auch all meine Reiseunterlagen, mein Geld, meine Ausweisdokumente, mein Laptop und mein Handy in den Händen eines Diebes. Mir blieb nichts außer den Klamotten, die ich am Körper trug. Hatte ich beim Erwachen am Strand noch einen Funken Hoffnung verspürt, so traf mich dieser unerwartete Schlag so hart, dass ich nicht nur bildlich gesprochen zu Boden sank.

***

Mehrere Stunden später fand ich mich erneut am Strand wieder. Dieses Mal wachte ich mit dem Gesicht im Sand liegend auf und spürte, wie mir die gleißende Sonne in den Nacken brannte. Mein Kopf explodierte fast und ich hatte einen unfassbaren Durst. Mit meinem Ärmel rieb ich mir die Sandkörner aus dem Gesicht und als ich wieder klar sehen konnte, erkannte ich die Wörter, die vor mir in den Sand geschrieben waren.

Drei Dinge, für die ich heute dankbar bin ...

Nichts lag mir ferner, als darüber nachzudenken, wofür ich dankbar war. Man hatte mir gerade mein Auto mit all meinem Hab und Gut geklaut, ich war völlig ausgebrannt und so orientierungslos wie noch nie in meinem ganzen Leben.

Doch dann fiel mir ein, was Bodhi mir über diesen magischen Ort erzählt hatte und ich zwang mich, drei Dinge zu finden. Ich schrieb:

1. Ich lebe noch.

Schließlich hätten mich die Diebe in meinem Zustand auch in einen Sack stecken und irgendwo von einer Klippe werfen können.

2. Ich liege in der Sonne am Strand.

Wie oft hatte ich in letzter Zeit das schlechte Wetter in Frankfurt verflucht und mich in meinen Gedanken ans Meer geträumt. Auf eigenartige Weise fühlte ich mich schon jetzt ein wenig besser als zuvor, ja ich war fast versöhnlich gestimmt. Was konnte mir noch einfallen?

3. Ich bin heute Morgen Bodhi begegnet.

Gerade hatte ich das letzte Wort in den Sand geschrieben, als Bodhi wie aus dem Nichts neben mir auftauchte. Er trug eine luftige, beige Leinenhose und ein dunkelblaues T-Shirt. In seiner linken Hand hielt er eine mit hellem Leder überzogene Thermoskanne.

»Hier, nimm einen Schluck! Es ist ein ganz besonderer Tee, der dich wieder nach vorne bringen wird.«

Obwohl mir ein kaltes Wasser lieber gewesen wäre, bedankte ich mich höflich und nippte zunächst vorsichtig an dem lauwarmen, ein wenig bitter schmeckenden Gebräu. Doch mit jedem Schluck fand ich mehr Gefallen an Bodhis Zaubertrank und merkte, dass er tatsächlich eine beruhigende Wirkung entfaltete. Bodhi studierte unterdessen die drei Punkte, die ich in den Sand geschrieben hatte.

Schließlich sagte er: »Ich glaube fest daran, dass Dankbarkeit der Schlüssel zum Glück ist. Seitdem ich hier lebe, komme ich jeden Tag hierher und schreibe drei Dinge in den Sand, für die ich dankbar bin. Wenn man es nicht schafft, für das Alltägliche oder das Außergewöhnliche dankbar zu sein und immer weiter hetzt, so wird man zum Getriebenen.«

Wenn ich auf mein Leben in den vergangenen Jahren zurückblickte, musste ich Bodhi unweigerlich recht geben. Ich hatte geradezu verlernt, dankbar zu sein. Vieles hielt ich für selbstverständlich und erwartete von mir selbst immer das Beste und nur das Beste. Schon während des Studiums war uns erzählt worden, dass wir zur Elite gehörten. In der Unternehmensberatung, in der ich arbeitete, trichterte man uns ein, dass wir Top-Berater wären. So verschoben sich für mich Jahr für Jahr die Relationen und meine eigenen Erwartungen an mich und das Leben wuchsen in den Himmel. Worüber konnte man sich also noch freuen, wenn man mit 29 Jahren schon so viel erreicht hatte?

Trotzdem spürte ich das nicht ganz nachvollziehbare Verlangen, meinen Lebensstil zu verteidigen. »Ich glaube, dass die äußeren Umstände einen großen Teil dazu beitragen, dass wir zu Getriebenen werden. Für jemanden wie mich, der täglich mindestens 50 Dinge auf seiner To-do-Liste abhaken muss, bleibt häufig nicht die Zeit, in meditativer Dankbarkeit zu verharren. Ich kann mir vorstellen, dass es dir in dieser ruhigen und inspirierenden Umgebung wesentlich leichter fällt, dies zu tun«, sagte ich fast ein wenig herausfordernd zu Bodhi, der wahrscheinlich sein ganzes Leben schon mit Surfen verbracht hatte.

Doch er schaute mich verständnisvoll an.

»Du wirst es mir nicht glauben, aber auch ich habe einmal so getickt wie du. Vor 18 Jahren war ich ein gefragter Manager und mein Lebensmotto lautete: höher, schneller, weiter. Kein noch so großer Erfolg konnte mich mehr zufriedenstellen und ich begann, an der Börse zu zocken.«

»Um damit alles zu riskieren«, fiel ich ihm vorschnell ins Wort.

Bodhi jedoch knüpfte unbeirrt an das Gesagte an. »Genau, bald verlor ich das richtige Maß und setzte alles auf das falsche Pferd. Auf einmal hatte ich einen Haufen Schulden und das, was ich damals an Luxusgütern besaß, wurde zwangsversteigert. Ich war am Boden zerstört und schämte mich, weiterhin in meinen Kreisen zu verkehren. Auf einmal waren alle meine Kontakte nichts mehr wert und meine vermeintlichen Geschäftsfreunde beantworteten meine Anrufe nicht mehr.«

Er hielt einen Augenblick inne und nahm einen Schluck von seinem Tee. »Also beschloss ich, einen radikalen Neustart zu wagen. Als Straßenmusiker tourte ich durch Europa und spielte die alten Songs aus meiner Studentenzeit. In Sevilla traf ich dann meine große Liebe, Lucia, die aus diesem Ort hier stammt. Sie ist eine wunderbare Frau, du wirst sie gleich kennenlernen. Sie nahm mich mit hierher und machte mich mit den Surfern der Region bekannt. So kam ich zum Wellenreiten. Es war damals wie eine Therapie für mich und noch heute hilft es mir dabei, sowohl körperlich als auch mental in Topform zu bleiben. Du siehst also, dass ich durchaus deine Situation sehr gut nachempfinden kann.«

»Wow, vom Manager zum Surf-Guru, wenn das keine Vorzeige-Aussteiger-Geschichte ist«, sagte ich ein wenig zu sarkastisch und ärgerte mich über mein altkluges Auftreten.

»Das stimmt, aber ich mag das Wort *Aussteiger* nicht sehr«, erwiderte Bodhi ernst.

»Es klingt so, als ob man aus dem Leben aussteigen könnte. Dabei lebe und arbeite ich hier viel intensiver, als ich es je zuvor getan habe. In Wirklichkeit sind die Menschen, die immer ihrem täglichen Trott nachgehen, Aussteiger für mich.«

»Nach dieser Definition bin ich also der Aussteiger von uns beiden?«, fragte ich.

»Das kann ich schwer beurteilen. Noch weiß ich ja fast gar nichts über dein Leben.«

In Bodhis Stimme schwang ein erwartungsvoller Unterton mit und er ließ sich entspannt in den Sand sinken, um mir zu signalisieren, dass er gerne mehr über mich erfahren würde.

Also begann ich, ihm meine Geschichte zu erzählen. Die Geschichte von einem kontinuierlichen und schnellen Aufstieg, von dem viele nur träumten. Von einem jungen Mann, der bis vor zwei Tagen noch geglaubt hatte, ziemlich genau zu wissen, was er wollte. Von einem selbst ernannten Helden, der vom unwissenden Publikum lange Zeit gefeiert worden war und nun durch seine Hybris und den Glauben an die eigene Unbesiegbarkeit einen sehr empfindlichen Schlag hatte einstecken müssen.

Bodhi hörte sehr aufmerksam zu und ich hatte das Gefühl, dass er nicht nur meinen Worten lauschte, sondern dabei auch jede einzelne meiner Gesten und Bewegungen studierte. Er maßte sich nicht an, meine Geschichte zu kommentieren oder sie durch seine Mimik zu bewerten. Er hörte einfach nur zu. Das tat mir auf erstaunliche Weise gut, da ich es gewohnt war, in meinem beruflichen Umfeld ständig herausgefordert, beurteilt und auf den Prüfstand gestellt zu werden.

Am Ende sagte er nur: »Du musst jetzt unglaublich hungrig sein. Lass uns gemeinsam etwas essen und dann sehen wir weiter.«

So gingen wir über einen schmalen Pfad nicht weit vom Parkplatz entfernt zu Bodhis Haus, das hinter einer kleinen Anhöhe zwischen zwei Dünen lag. Es wirkte wie eine großzügig designte Strandhütte, deren helle, natürliche Farben sich perfekt in die Landschaft einfügten.

»Lucias Vater ist Architekt«, erklärte Bodhi. »Er hat das Haus entworfen und darauf geachtet, dass alle Bauteile mit ökologischen Baustoffen gefertigt wurden. So haben wir neben Bambus und Stroh auch Hanf, Lehmsteine und Holz eingesetzt. Ich habe es mit meinen eigenen Händen gebaut und dabei den Wert physischer Arbeit schätzen gelernt.«

Neben dem Haus gab es eine kleine Garage, die wir zuerst ansteuerten. Mindestens 20 Surfbretter in allen möglichen Größen und Formen hingen dort an der Wand und anscheinend kamen immer neue dazu. Jedenfalls stand in der Mitte des Raumes ein Holzbock, auf dem ein halb fertiges Brett lag. Bodhi zeigte ein wenig stolz auf seine Sammlung.

»Mein Sohn Pablo und ich verbringen hier viel Zeit zusammen. Wir bauen Surfbretter für die Wellenreiter in der Region. Jedes Brett ist den individuellen Bedürfnissen des Surfers, der zu uns kommt, angepasst. Pablo ist hier stundenlang im Flow. Er lag nach einem Autounfall vor drei Jahren für mehrere Monate im Koma und ist nun in seinen geistigen und motorischen Fähigkeiten eingeschränkt.«

Ich war geschockt. Aus irgendeinem unerfindlichen Grund hatte ich mir vorgestellt, dass Bodhi in einer perfekten Welt ohne Trauer und Sorgen lebte. Doch Bodhi tat so, als ob er meinen veränderten Gesichtsausdruck nicht bemerkte und reichte mir ein etwa zwei Meter langes Brett, das seinen zukünftigen Besitzer wohl sehr glücklich machen würde.

»Hier, dieses Brett hat Pablo in der letzten Woche geshaped.«

Zwar hatte ich keine Ahnung von Surfboards, doch war dieses – das konnte ich selbst als Laie erkennen – aus besonders hochwertigem Material hergestellt.

Bodhi gab mir eine kleine Einführung in die Surfbrettkunde und erklärte mir die verschiedenen Bestandteile eines Boards, die sich auf seine Fahreigenschaften auswirkten. Wie in meinem Arbeitsumfeld war es anscheinend auch unter Surfern gebräuchlich, fast ausschließlich englischsprachige Begriffe zu verwenden. Vom *Tail* bis zur *Nose* und vom *Stringer* bis zum *Trackpad* war ich nach Bodhis enthusiastischem Vortrag mit dem grundlegenden Vokabular vertraut.

Als wir das Haus über die Terrasse betraten, kam uns bereits ein verlockender Geruch aus der Küche entgegen. Erst jetzt merkte ich, wie hungrig ich tatsächlich war.

»Ich könnte ein ganzes Wildschwein verspachteln«, sagte ich.

»Damit können wir dir hier leider nicht dienen, wir ernähren uns makrobiotisch.«

»Makro… was?«, fragte ich.

»Lucia wird dir mehr darüber erzählen, aber Fleisch und Zucker stehen auf jeden Fall nicht auf unserem Speiseplan. Du wirst sehen, es ist trotzdem sehr lecker.«

Ich war ein wenig enttäuscht, da ich gewohnt war, viel Fleisch und in kleinen Pausen auch süße Snacks zu mir zu nehmen. Wie sollte ich ohne Fleisch satt werden und wo sollte die notwendige Energie herkommen, wenn man nichts Süßes aß? Der vegane Trend war in Deutschland gerade stark verbreitet. Für mich war es jedoch eine Modeerscheinung für Großstadthippies, die nichts Besseres zu tun hatten, als sich den ganzen Tag über ihre Ernährung Gedanken zu machen. Für solche Dinge hatte ich gar keine Zeit. Gern bestellten wir uns noch um 23 Uhr eine Pizza oder aßen Burger in den Hotels, in denen wir übernachteten. Hauptsache, es hielt uns nicht von der Arbeit ab und war schnell zubereitet und verzehrt.

Über das lichtdurchflutete Wohnzimmer, in dem Bodhis Gitarren neben kunstvollen Gemälden die Wände zierten, gelangten wir schließlich in die Küche. Halbierte Surfbretter dienten hier als Gewürzregale und in der Mitte stand ein aus einem alten, knorrigen Baumstumpf gefertigter Tisch.

Lucia war gerade dabei, das Essen aufzutun, und ich hatte das Gefühl, dass der ganze Raum von ihrer Wärme erfüllt war.

»Ich habe einen sympathischen Gast aus Deutschland mitgebracht«, stellte Bodhi mich vor. »Er ist sehr hungrig und hat Sorge, dass er bei uns nicht satt wird.«

Lucia lachte. Sie hatte leuchtende braune Augen und lockiges, kastanienbraunes Haar.

»Vielleicht wirst du dich nicht so satt fühlen wie nach einem Big Mac«, sagte sie mit einem leichten spanischen Akzent, »aber dafür wird dir diese Mahlzeit Kraft für den gesamten Nachmittag geben. In der makrobiotischen Küche achten wir darauf, dass Yin und Yang ausgeglichen sind. Wir verzichten zum Beispiel auf Zucker, der deinen Insulinspiegel kurzfristig in die Höhe jagt und setzen stattdessen auf Nüsse und Samen, die dich nachhaltiger mit Energie versorgen.«

Auf diese Weise hatte ich noch nie über Essen nachgedacht. Ich beschloss, mich von meinen Überzeugungen ein wenig frei zu machen – schließlich zeigte mein momentaner Gesundheitszustand, dass sie mir langfristig nicht besonders guttaten – und mich als Gast auf dieses kulinarische Experiment einzulassen.

»Hast du Lust auf eine kleine Übung in Achtsamkeit?«, fragte Lucia. »Es geht darum, deine Wahrnehmung zu schärfen und deine fünf Sinne zu erkunden.«

Um ehrlich zu sein, war mir überhaupt nicht nach einer kleinen Übung in Achtsamkeit, da ich wirklich sehr großen Hunger hatte. Dazu kam, dass Achtsamkeit eines dieser weichen Themen war, für die ich mich eigentlich nicht besonders interessierte. Es war ein so genanntes *Buzzword*, das momentan in den Medien kursierte und von Unternehmen für ihr Personalmarketing genutzt wurde. Ich bezweifelte, dass wirklich viele Entscheidungsträger in der Wirtschaft diese Worthülse mit Inhalt füllen konnten.

»Für mich ist Achtsamkeit der beste Weg, um gesund und intensiv zu leben«, ermunterte mich Lucia. Sie reichte mir eine Olive.

»Schau dir diese Olive einmal ganz genau an. Welche Farbe hat sie? Welche Oberflächenstruktur erkennst du? Welche Form hat sie?«

Aus Höflichkeit ließ ich mich auf das Experiment ein und war erstaunt, was ich mit meinem mikroskopischen Blick entdecken konnte. Normalerweise griff ich in eine Chipstüte, während ich auf einen Bildschirm starrte und schenkte dem, was dort in meinen Mund wanderte, kaum Beachtung.

»Jetzt halte dir die Olive unter die Nase. Was riechst du?«

Es war ein sehr intensiver Geruch, der mir das Wasser im Munde zusammenlaufen ließ. Konnte ich wohl den Unterschied zwischen einer grünen und einer dunklen Olive riechen?

»Jetzt darfst du die Olive in den Mund nehmen. Aber ertaste erst ihre Oberfläche mit deiner Zunge, bevor du ein kleines Stück abbeißt!«

Ich ließ die Olive in meiner Mundhöhle hin- und herwandern und drückte sie mit meiner Zunge leicht gegen meinen Gaumen. Bei meinem Hunger erforderte es eine Menge Disziplin, sie nicht sofort herunterzuschlucken.

»Und jetzt kommt der Höhepunkt«, sagte Lucia, »du darfst zubeißen.«

Es war eine Geschmacksexplosion, die ich so noch nie erlebt hatte. Das lag nicht unbedingt daran, dass es die beste Olive war, die ich je gegessen hatte. Es hatte vielmehr damit zu tun, wie achtsam ich mit diesem kleinen Ding umging.

»Achte nun darauf, wie es sich anhört, wenn du auf der Olive kaust!«

Ich hörte Geräusche, die ich sicherlich jedes Mal produzierte, wenn ich auf etwas kaute. Doch hatte ich sie wahrscheinlich über die letzten zwei Jahrzehnte ausgeblendet und mich auf andere Geräusche um mich herum konzentriert.

Bodhi, der mit mir zusammen an dieser kleinen Achtsamkeitsübung teilnahm, beobachtete meine Faszination mit großem Wohlwollen und führte aus: »Die Herausforderung liegt darin, dieses Gefühl der einhundertprozentigen Präsenz auch im Alltag zu kultivieren. Wie häufig gehen wir unachtsam durch die Welt und nehmen unsere Umgebung gar nicht wahr, weil wir mit unseren Gedanken entweder in der Vergangenheit oder in der Zukunft sind.«

Er nahm eine zweite Olive und verzehrte sie demonstrativ genauso langsam und genussvoll wie die erste.

Schließlich fuhr er fort: »Deshalb liebe ich das Wellenreiten so sehr. Es lehrt dich, den Moment zu leben. Ein wirklich guter Surfer wird die hereinrollende Welle nicht nur sehen, er wird sie auch hören und fühlen. Um diese Fähigkeit zu schulen, gehe ich manchmal – auch wenn es sehr gefährlich ist – nachts im Mondschein surfen, um mich nicht allein auf meinen Sehsinn zu verlassen. So schärfe ich ganz bewusst auch meine anderen Sinne.«

Ich stellte mir vor, wie intensiv ich leben könnte, wenn ich die Dinge um mich herum und auch mich selbst bewusster wahrnehmen würde. Hätte ich diese Fähigkeit schon früher erworben, so wäre es wahrscheinlich nie zu meinem Zusammenbruch gekommen.

Als Vorspeise servierte Lucia eine Suppe, die mit speziellen Gewürzen verfeinert war.

»Das Gemüse für die Suppe bauen wir in unserem eigenen Garten an, der ein paar Kilometer von hier entfernt im Hinterland liegt«, erzählte sie. »Warum sollten wir exotische Früchte und Gemüse Tausende von Kilometern über unseren Erdball transportieren, wenn wir auch leckere saisonale Produkte essen können.«

Schon häufig hatte ich dieses Argument gehört und bisher immer als Propaganda linker Globalisierungskritiker abgetan. In unserer Beratung flogen wir ständig um den gesamten Erdball und nutzten die Vorteile der internationalen Arbeitsteilung für uns. Wenn ich am späten Abend den Entwurf einiger Folien nach Indien schickte, hatte ich am nächsten Morgen eine fertig designte Präsentation in meinem E-Mail-Postfach.

Doch aus irgendeinem Grund leuchtete mir Lucias Argumentation in dieser Situation ein. Vielleicht lag es daran, mit welcher Natürlichkeit und tiefer Überzeugung sie die Dinge auf den Punkt brachte? Oder hatte sich meine Perspektive auf die Dinge so plötzlich verändert?

Als Hauptspeise gab es einen bunten Teller voller Köstlichkeiten.

»Wir achten darauf, dass immer verschiedene Farben auf dem Teller vertreten sind. Sie repräsentieren – vereinfacht gesprochen – die Elemente Erde, Feuer, Wasser, Metall und Holz, die wiederum bestimmte Eigenschaften verkörpern. Zum Beispiel steht Holz für Spielfreude, Kreativität und Schöpferkraft, während Erde mit Stabilität und Sicherheit verbunden wird. Ich kann mir sehr gut vorstellen, dass sich bei dir, Felix, das Element Wasser nicht im Gleichgewicht befindet.«

Das alles erschien mir ein bisschen wie Voodoo oder Zauberei und ich wusste noch nicht so recht, was ich davon halten sollte. Normalerweise folgte alles, was ich im Leben tat, einer strengen Systematik und Logik. Weibliche Intuition und Emotionen hatten in meinem maskulin geprägten Umfeld kaum Platz. Die Frauen, die es in meiner Branche bis ganz nach oben schaffen wollten, waren größtenteils unnahbar und karrierefixiert.

»Wenn du magst«, unterbrach Lucia meine Gedanken, »dann kann ich dich dabei unterstützen, deine innere Mitte wiederzufinden.«

»Gerne«, antwortete ich. »Aber ich bin, glaube ich, ein harter Brocken.«

»Da überschätzt du dich«, bemerkte sie schmunzelnd, »mir sind in meinem Leben schon sehr viel härtere Fälle begegnet. Du bist jung und eigentlich sehr stark. Sobald deine Energien richtig fließen und dein Verstand deinem Herzen folgt, wird auch dein Körper wieder mitspielen.«

Ich fragte mich, wie genau sie es schaffen wollte, mein Gleichgewicht wiederherzustellen. Lucia interpretierte meinen fragenden Blick korrekt und erläuterte: »Beim Shiatsu, einer fernöstlichen Heilkunst, die ich seit vielen Jahren praktiziere, geht es darum, energetische Blockaden zu lösen und die Selbstheilungskräfte des Körpers zu aktivieren. Wenn du magst, werde ich dich heute Nachmittag behandeln und dann schauen wir einmal, wie schnell du wieder fit wirst.«

Es war wirklich wundersam. Noch nie schienen zwei Menschen so um mein seelisches und körperliches Wohl besorgt zu sein wie Bodhi und Lucia. Selbst meine Eltern hatten sich nicht in dieser Form um mich gekümmert. Mein Vater hatte bis zu seinem Tod als selbstständiger Unternehmer kaum Zeit für mich gehabt und auch meine Mutter war immer sehr von ihrer Arbeit eingenommen gewesen. Immer hatte ich das Gefühl gehabt, dass sie für ihre Erziehungsarbeit irgendeine Form der Gegenleistung von mir erwarteten. Bodhi und Lucia jedoch schienen nichts für ihren Einsatz zu verlangen. Da ich diese Art der Nächstenliebe nicht gewohnt war, fragte ich sie, was sie von mir für ihre Dienste haben wollten.

Lucia sagte: »Weißt du, Felix, wir haben das große Glück, nicht auf jeden Cent angewiesen zu sein. Es gehört zu unserer Lebenseinstellung, dass wir Gäste wie dich – und dazu noch jemanden, dem gerade alles gestohlen worden ist – bei uns aufnehmen und sie erst wieder gehen lassen, wenn es ihnen besser geht.«

Anstatt ihre beabsichtigte Wirkung zu entfalten, lösten Lucias Worte in mir lediglich ein beklemmendes Gefühl der Panik aus. Auf unerklärliche Weise hatte ich in den vergangenen Stunden komplett verdrängt, dass mir mit meinem Mietwagen auch mein Geld, mein Handy, meine Ausweispapiere und meine Klamotten gestohlen worden waren. Die plötzliche Erinnerung an diesen deprimierenden Umstand ließ mir vor Schreck die Gabel aus der Hand fallen.

Für einen kurzen Moment begegneten sich Bodhis und Lucias Blicke, als wollten sie sich vergewissern, dass sie dieselbe Version der Geschichte erzählen würden, zu der Bodhi nun ansetzte.

»Mach dir keine Sorgen um den Wagen, Felix! Ich werde mich darum kümmern, dass du ihn ohne einen einzigen fehlenden Gegenstand in ein paar Tagen zurückbekommst. In dieser Bucht gibt es einen ziemlich durchgeknallten Typen, einen selbst ernannten Robin Hood, der mit moralisch fragwürdigen Methoden gegen das kapitalistische System kämpft. Es ist schon häufiger vorgekommen, dass er einen Schritt zu weit gegangen ist. Vermutlich hat ihn dein protziger Mietwagen provoziert.«

Und Lucia fügte hinzu: »Du kannst Bodhi vertrauen, Felix. Er kennt diesen Typen und wird ihn davon überzeugen, dir deinen Wagen zurückzugeben, während du dafür sorgst, wieder fit zu werden.«

Erleichtert atmete ich mehrere Male tief durch und mein wild pochendes Herz begann langsam wieder in seinem gewohnten Takt zu schlagen.

»Ich danke euch«, brachte ich schließlich hervor, »wer weiß, wozu das alles gut ist.«

Wieder trafen sich Lucias und Bodhis Blicke für einen kurzen Moment. Dann nickten sie zustimmend.

***

Nach einer wohltuenden kleinen Siesta in Pablos Hängematte auf der Terrasse servierte mir Lucia eine Tasse von Bodhis besonderem Tee, der mir schon am Vormittag sehr gut getan hatte. Sie stellte mir einige Fragen zu meinen täglichen Gewohnheiten, meinen körperlichen Aktivitäten, meinen Gefühlen und meinen konkreten Beschwerden. Mir war nicht klar, wie das alles zusammenhängen sollte und warum es von Relevanz war.

Als Lucia spürte, dass ich Schwierigkeiten hatte, mich ihr zu öffnen, sagte sie: »In unserer westlichen Medizin trennen wir häufig Körper, Psyche und Geist voneinander und sind sehr gut darin, mithilfe von hochspezialisierten Menschen und Geräten spezifische Symptome einer Krankheit oder eines Leidens zu diagnostizieren und zu bekämpfen. Allerdings sind wir im Vergleich zu dem, was wir in einzelnen Feldern der Medizin heute leisten, sehr schlecht darin, den Menschen ganzheitlich zu betrachten und ihn nachhaltig zu heilen.«

Sie machte ein kunstvolle Pause. »Wenn wir jedoch für uns selbst erkennen, dass unsere Gesundheit und damit unsere Fähigkeit, dauerhaft entspannt unsere Bestleistung vollbringen zu können, vom Zusammenspiel der drei Ebenen – Körper, Geist und Seele – abhängt, dann halten wir den Schlüssel zu einem glücklichen und gesunden Leben in unserer Hand. Deshalb ist es mir wichtig, mehr über dich zu erfahren.«

Das leuchtete mir ein. Als mein Vater schwer erkrankte, wurde er von Spezialisten zu Spezialisten weitergereicht und für mehr als ein halbes Jahr war kein Arzt in der Lage gewesen, die Punkte miteinander zu verbinden. So wurde viel Geld für unnötige Behandlungen verpulvert und wertvolle Zeit verschenkt.

Mit diesem Bewusstsein schaffte ich es, mich mehr zu öffnen und Lucia auch Dinge zu erzählen, denen ich bisher überhaupt keine Bedeutung beigemessen hatte. Die Verspannungen im Nacken, die Schmerzen in der Wirbelsäule, die immer häufiger auftretenden Kopfschmerzen, meine gereizte Magenschleimhaut, Verdauungsprobleme, das konstante Pfeifen im Ohr.

Während ich meine Leiden aufzählte, fiel mir auf, wie wenig ich in den vergangenen Jahren auf meinen Körper geachtet hatte. Die einzelnen Symptome für sich allein betrachtet waren nicht besonders schlimm und ich war bestimmt kein Hypochonder. Doch zusammen genommen hätten es doch schon eindeutige Warnsignale sein müssen, die mich zu einer Veränderung meines Lebensstils hätten bewegen sollen.

Lucia hörte aufmerksam zu und machte sich einige Notizen. Als ich mit meiner Leidensgeschichte fertig war, stand sie auf und sagte aufmunternd: »Es ist gut, dass du hier bist.«

Dann führte sie mich in einen Raum, der ein wenig esoterisch eingerichtet war. Eigentlich hatte ich nicht viel für diesen Kram übrig, doch hier störte es mich erstaunlicherweise gar nicht. Ich fand sogar Gefallen an den bunten Kissen auf dem Boden, der Klangschale in der Mitte des Raumes und den spirituellen Mantras, die aus den Boxen erklangen. Ich legte mich auf ein sogenanntes Futon und versuchte, mich zu entspannen.

In der Unternehmensberatung kam ich ab und zu in den Genuss einer Massage. Sie ließen ihre Mitarbeiter Tag und Nacht erreichbar sein, bis in die frühen Morgenstunden arbeiten und gönnten ihnen dann den *Benefit* einer Massage. Das war die Logik dieser schönen neuen Arbeitswelt. Es war wie im Hochleistungssport. Erst ließ man die Athleten auf dem Spielfeld bis zur Bewusstlosigkeit sprinten und sich ihre Körper langfristig zerschinden, um sie dann kurzfristig wieder für den nächsten Kampf fit zu machen.

Lucia ging jedoch ganz anders vor, als ich es gewohnt war. Sie begann zunächst, mit ihren Händen meinen Bauch abzutasten und ließ sich dann scheinbar intuitiv und wenig systematisch treiben. Sie massierte nicht wie erwartet meine verspannte Rückenmuskulatur, sondern drückte, immer mit der Unterstützung ihres eigenen Körpergewichts, bestimmte Punkte an meinem Körper, die – so dachte ich – nichts mit meinen

Beschwerden zu tun hatten. Hatte sie mir vorhin nicht richtig zugehört? Normalerweise hätte ich in einer derartigen Situation sofort etwas gesagt und mich beschwert. Lucia fühlte meine innere Unruhe und flüsterte beschwichtigend: »Felix, vertraue dem Prozess. Für dich gibt es gerade nichts tun.«

»Es gibt nichts zu tun«, wiederholte ich für mich selbst in meinem Geiste, »es gibt nichts zu tun.«

Wie gut tat es, einmal zu sagen: »Es gibt nichts zu tun.«

Diese fünf Wörter aneinandergereiht waren gerade so unglaublich entspannend, dass ich es gar nicht fassen konnte. Wann hatte es das letzte Mal nichts zu tun gegeben? Vielleicht vor zehn Jahren, bevor ich mit meinem Studium begonnen hatte. Nichts zu tun, das war für mich der Slogan der Verlierer, der gesellschaftlich Abgehängten, der Faulen und der Schmarotzer in unserem Sozialstaat gewesen. Es gab immer etwas zu tun, wenn man es zu etwas bringen wollte.

Doch in diesem Moment spürte ich, wie sich die angestaute Belastung des letzten Jahrzehnts entlud. Es war, als hätte ich wie Atlas aus der griechischen Sage die Welt auf meinen Schultern getragen und sie nun für einen Moment absetzen dürfen. Der Druck, der auf mir gelastet hatte, fiel auf einmal ab. Meine Muskulatur entspannte sich, mein Kiefer wurde plötzlich ganz locker und mein Körper schien fünf Zentimer über dem Boden zu schweben anstatt von einer Tonne Blei heruntergedrückt zu werden.

Mit der Entspannung öffneten sich anscheinend auch andere Kanäle: Zum zweiten Mal innerhalb von zwei Tagen liefen mir die Tränen über die Wangen. Dieses Mal waren es jedoch nicht Tränen der Niedergeschlagenheit und Trauer. Es waren die Tränen einer tiefen Erkenntnis, die ich erlangte hatte: Solange ich gefühlt jede Minute meines Lebens die Welt auf meinen Schultern trug, konnten sich mein Körper und Geist nicht die Ruhe gönnen, die sie ab und zu brauchten.

Obwohl ich kein religiöser Mensch war, fiel mir seltsamerweise die biblische Geschichte von der Schöpfung der Welt ein. Selbst Gott hatte am siebten Tag eine Pause eingelegt. Wieso erwarteten wir von uns kleinen und unbedeutenden Menschen, dass wir ohne Regeneration immer weiter und weiter machen konnten?

Am Abend lernte ich Pablo kennen. Ich muss gestehen, dass ich im Vorfeld ein wenig Sorge gehabt hatte, wie ich ihm entgegentreten sollte. Bodhi hatte nur kurz von seiner Beeinträchtigung durch den Unfall erzählt und so wusste ich nicht genau, was mich erwarten würde. In meinem Leben hatte ich fast noch nie mit einer geistig behinderten Person gesprochen und den Kontakt häufig bewusst vermieden. Ich fühlte mich unwohl, wenn ich Menschen im Rollstuhl sah oder eine Gruppe von Behinderten an mir vorbeizog. Ich hatte dann immer ein schlechtes Gewissen, weil es mir anscheinend so viel besser ging, aber ich trotzdem nicht in der Lage war, glücklich zu sein.

Pablo trat in die Küche und nahm mich zunächst scheinbar gar nicht wahr. Er ging direkt auf seine Mutter zu und gab ihr einen Kuss auf die Wange. Sein Gang war stark beeinträchtigt. Er schleifte das linke Bein hinterher und schien insgesamt Probleme zu haben, das Gleichgewicht zu halten. Mit seinem Vater schlug er ein, wobei ihm auch hier die Koordination schwer fiel. Er schaute seine Eltern liebevoll an und fragte sie: »Wer ist unser Gast?«

Erst jetzt drehte er sich zu mir um, sodass ich sein ganzes Gesicht sehen konnte. Er hatte eine blonde Surfermähne und Lucias leuchtende Augen. Allerdings gelang es ihm kaum, seinen Blick auf eine Person oder ein Objekt für längere Zeit zu fixieren. Auf seiner rechten Wange hatte er Verbrennungen davongetragen. Man konnte erahnen, dass er vor dem Unfall wohl ein absoluter Mädchenschwarm gewesen sein musste. Wieder stieg dieses schlechte Gewissen in mir auf.

Pablo wartete gar nicht darauf, dass ihm jemand antwortete, sondern stellte gleich die nächste Frage: »Bist du im Flow?«

Ich blickte ihn und seine Eltern verwundert an. Was meinte er wohl damit? Bodhi erläuterte: »Seit seinem Unfall stellt Pablo ausschließlich nur noch Fragen. Er hat auf magische Weise die Fähigkeit erworben, seinen Mitmenschen genau die Frage zu stellen, die sie wohl am meisten in ihrem Leben weiterbringt. Du wirst sehen, er wird dir diese Frage immer wieder und wieder stellen, bis du eine für dich und ihn stimmige Antwort darauf gefunden hast.«

Pablo schaute mich weiter fragend an.

»Ich weiß leider nicht genau, was du meinst, Pablo«, entgegnete ich. »Ich kenne nur das Sprichwort *Mit dem Flow gehen,* und das habe ich in den letzten Jahren nicht unbedingt gemacht. Ich habe mir immer klare Ziele gesetzt und sie mit purer Willenskraft erreicht.«

Doch Pablo blickte mich mitleidig an, und das war auf fast beängstigende Art heilsam. Er führte mir vor Augen, dass ich mich in meinem bisherigen Verhalten gegenüber geistig beeinträchtigen Menschen nur auf äußere Dinge konzentriert hatte. Durch eine einzige Frage und einen einzigen Blick lehrte er mich, dass ich kein schlechtes Gewissen zu haben brauchte, sondern mich eher schlecht fühlen musste, weil ich anscheinend ein essenzielles Konzept in diesem Leben noch nicht durchdrungen hatte.

Bodhi unternahm nun den Versuch, mich aufzuklären. »Pablo ist verrückt nach Flow. Er verbringt jeden Tag mehrere Stunden in seiner Werkstatt und ist so fokussiert, dass er um sich herum kaum etwas wahrnimmt. Im Flow-Zustand sind wir im Hier und Jetzt, es gibt keinerlei Ablenkung, wir verlieren das Gefühl für Zeit und Raum. Wenn alles fließt, dann brauchen wir keine Willenskraft und sehen die Tätigkeit auch nicht als Mittel zum Zweck. Die Aktivität selbst ist uns schon Belohnung genug.«

Pablo nickte zustimmend und nahm sich eine Scheibe von Lucias selbst gebackenem Brot. Sie fügte hinzu: »Im Flow fühlen wir uns glücklich, das kann man sogar neurobiologisch erklären. Der Körper schüttet Glückshormone, sogenannte Endorphine, aus. Indem wir mit der Tätigkeit eins werden, vergessen wir unser Ego. Es ist fast ein Zustand der Selbstvergessenheit, der merkwürdigerweise unser positives Selbstbild stärkt.«

»Wow«, entfuhr es mir, »das klingt echt verdammt gut. Wie kann es denn sein, dass einige Menschen so viel Flow in ihrem Leben haben, während andere – so wie ich – Flow-Momente anscheinend nur als Kinder erleben dürfen?«

»Das liegt daran«, sagte Lucia, »dass wir uns als Erwachsene kaum selbst noch gestatten, einmal Kind zu sein. Der Flow hat viele natürlich Feinde, die uns im Erwachsenenalter leider begleiten.«

»Ja«, stimmte Bodhi ein, »da ist zum einen der innere Kritiker. Jahrelang existierte in meinem Kopf diese nervige innere Stimme, die mir ständig sagte: *Du bist nicht gut genug. Das wird schiefgehen. Die Leute werden dich auslachen. Du bist naiv.* Es war wie eine Endlosschleife. Es ging so weit, dass ich mich auf die einfachsten Tätigkeiten nicht konzentrieren konnte, weil der innere Kritiker sofort alles, was ich tat, negativ beurteilte und mir so unendlich viel Energie raubte.«

»Bei mir«, fügte Lucia hinzu, »schwebte der Kritiker zwei Meter über mir und beobachtete mich in allem, was ich unternahm. Wie ein strenger Lehrer, der bei einer Klassenarbeit hinter dir steht und bei jedem Fehler sofort den Rotstift zückt, schaute ich mir quasi selbst über die Schulter. Das führte dazu, dass ich in einigen Situationen sehr gehemmt war und mich ständig nur auf das Negative konzentrierte.«

Auch ich kannte diesen inneren Kritiker nur allzu gut. Auf der einen Seite sorgte er dafür, dass ich immer perfekt vorbereitet war – aus Angst zu versagen. Auf der anderen Seite ließ er mich meine Erfolge nicht einmal für eine Minute genießen. Stets gaukelte er mir vor, dass das, was ich geleistet hatte, eine Selbstverständlichkeit darstellte.

Allerdings hätte ich niemals vermutet, dass selbst so ausgeglichen wirkende Menschen wie Lucia und Bodhi mit diesem inneren Kritiker zu kämpfen hatten. Deshalb fragte ich neugierig: »Wie habt ihr es geschafft, ihn loszuwerden?«

Die beiden mussten laut lachen. Ich wunderte mich, was an meiner Frage so witzig gewesen sein sollte.

Lucia klärte mich auf: »Es gibt einen relativ simplen Trick, der erstaunlich gut funktioniert. Wenn dein innerer Kritiker das nächste Mal in Erscheinung tritt, dann ziehst du ihm ein Mickey-Maus-Kostüm an und drückst ihm einen Helium-Luftballon in die Hand, dessen Inhalt er inhalieren soll. Beginnt er nun, in diesem lächerlichen Outfit mit einer hohen Stimme seine negativen Gedanken zu äußern, wird es dir nicht gelingen, ihn noch ernst zu nehmen.«

»Das klingt albern«, urteilte ich und wusste sofort, dass es die Stimme meines inneren Kritikers war, die mit dieser Einschätzung nach vorne preschte.

»Um ehrlich zu sein, ist es neben einfachen mentalen Tricks wie diesem ein ständiger Prozess, der bei uns auch heute noch anhält«, gestand Bodhi. »Selbsterkenntnis zu erlangen und die Dinge auf der Ebene des Verstandes zu durchdringen, ist das Eine. Aber die Bereitschaft zu entwickeln, sich selbst zu verändern und an sich zu arbeiten, ist das Andere. Ich meine, täglich gibt es Dinge, die uns davon abhalten, unseren eigenen Weg zu gehen.«

»Deshalb ist auch der zweite große natürliche Feind des Flow die permanente Ablenkung«, führte Lucia Bodhis Gedanken nahtlos weiter. Es war beeindruckend, wie perfekt sie sich ergänzten.

»In unserer digitalisierten Welt hat die Fülle an Ablenkungsmöglichkeiten enorm zugenommen. Unsere Konzentrationsspannen werden kürzer. Wir schauen ständig auf unsere Smartphones oder beantworten eingehende E-Mails. Wenn einmal keine Nachricht eingeht, lesen wir schnell die letzte Schlagzeile in einem Nachrichtenportal, ohne uns mit dem Sachverhalt tiefgründig zu beschäftigen. Dafür fehlt uns ja die Zeit.«

Auch dieses Phänomen war mir leider nicht unbekannt. In meinem Job vergingen nicht zwei Minuten, ohne dass irgendetwas auf dem Bildschirm des Computers oder Smartphones aufploppte. Dass wir uns damit quasi zu Sklaven der Technologie machten, begriff ich erst, als es schon zu spät war. Man konnte einem Kunden nicht vermitteln, warum man auf einmal einen Tag statt einer halben Stunde brauchte, um ihm zu antworten. Der Druck, schnell zu handeln war einfach zu groß. Das führte dazu, dass wir strategische Dinge und die Besprechung unserer langfristigen Ziele nur noch nachts oder an Wochenenden machen konnten – auf Kosten unserer Erholungszeit und unserer Gesundheit.

»Wir wissen mittlerweile durch die Forschung so viel über Flow und seine positiven Auswirkungen auf unser persönliches Glück und unsere Produktivität«, unterbrach Lucia meine Gedanken, »und trotzdem schaffen wir es nicht, die Rahmenbedingungen so zu verändern, dass die Menschen in ihrer individuellen Persönlichkeit wahrgenommen werden und man ihnen erlaubt, in den Flow zu kommen.«

An ihrer eindringlichen Rhetorik merkte man, wie wichtig ihr das Thema war. Sie holte nun weiter aus: »Das beginnt schon in der Schule. Unser gesamtes

Bildungssystem ist darauf ausgelegt, Extraversion zu belohnen. Den introvertierten Schülern wird immer nur gesagt: Ihr müsst euch mehr am Unterricht beteiligen, um eine bessere Note zu bekommen. Dabei müssten wir ganz andere Lernumgebungen kreiieren, um den Introvertierten Raum und Zeit zu geben, ihre tiefgründigen Gedanken zu entfalten und ihnen zu erlauben, in den Flow zu kommen.«

»Traurigerweise verhält es sich später in der Arbeitswelt ähnlich«, pflichtete Bodhi ihr bei. »Ich meine, wie kann man in einem Großraumbüro, in dem es zugeht wie in einem Bienenstock, erwarten, dass sich die Mitarbeiter intensiv und konzentriert in eine bedeutsame Tätigkeit vertiefen? Wenn man die Menschen fragt, wo und wann sie wirklich produktiv arbeiten, dann antwortet fast niemand, dass er dies im Büro könne. Sie sagen eher: *Ich ziehe mich zu Hause in mein Arbeitszimmer zurück, ich gehe in ein Café, ich suche mir eine ruhige Ecke in der Bibliothek.* Oder sie antworten: *Ich stehe ganz früh morgens auf, während meine Kinder noch schlafen und noch niemand im Büro ist, oder ich setze mich in den späten Abendstunden noch einmal an den Schreibtisch.*«

Leidenschaftlich gestikulierte Bodhi nun mit seinen Händen. Er war nicht mehr ruhig und gefasst wie sonst, sondern schien sehr emotionalisiert. »Das bedeutet, dass das Büro ungefähr der letzte Ort ist, an dem wir wirklich etwas schaffen und in den Flow kommen können. Anstatt schwarmintelligent zu sein, sind wir schwarmdumm! Wir glauben, dass Teamarbeit an sich einen Wert darstellt und vergeuden unfassbar viel Zeit in schlecht vorbereiteten Meetings, in denen sich die Egos und nicht die besten Ideen durchsetzen. Dabei vernachlässigen wir unsere introvertierteren Mitarbeiter, die sich in solchen Settings weniger wohl fühlen und denen wir so Energie rauben, anstatt sie zu fördern.«

»Aber«, bremste ich Bodhi in seinem Redeschwall, »hast du eine Lösung?«

Er hielt einen Augenblick inne und antwortete dann wieder in seiner gewohnt ruhigen Stimme: »Früher habe ich selbst Zeitmanagement betrieben. Heute betreibe ich Energiemanagement. Ich habe gelernt, auf mich zu achten und ich weiß, wann ich produktiv bin und wann nicht. Früher habe ich mich zum Beispiel gezwungen, innerhalb einer vorgegebenen Zeit ein bestimmtes Ziel zu erreichen. Heute fokussiere ich mich allein auf den Prozess und vertraue darauf, dass sich gute Resultate von ganz allein ergeben. Stelle dir eine Arbeitswelt vor, in der dir dein Chef sagt: *Das ist deine Aufgabe. Bitte sorge dafür, dass es dir Freude bereitet, sie zu erledigen.* Ich glaube, dass wir so sehr viel gesünder, glücklicher und sogar produktiver arbeiten könnten.«

Das klang für mich wie eine schöne Utopie, jedoch bezweifelte ich, dass sie sich in meiner Branche durchsetzen würde. Am Ende des Tages ging es bei uns doch immer um die sogenannten *hard facts*.

»Wie sieht es mit dir aus, Felix«, fragte Lucia, »bist du von Natur aus eher ein introvertierter oder ein extrovertierter Typ?«

»Wenn ich mir meinen Alltag so anschaue, würde ich behaupten, dass ich ein extrovertierter Typ bin.

Meine Mittagspausen verbringe ich zum Beispiel immer mit meinen Arbeitskollegen und auch an den Abenden versuche ich mich regelmäßig mit Kontakten aus meinem Netzwerk beim Bierchen zu treffen.«

»Dann lass es mich noch einmal anders formulieren«, hakte Lucia nach. »Geben dir diese Begegnungen Kraft und Energie?«

Auf diese Weise hatte ich noch nie darüber nachgedacht. Ich musste eingestehen, dass mich das sogenannte Networking an langen Tag eher anstrengte. Gleichzeitig war es aus meiner Sicht für das berufliche Vorankommen unabdingbar. Mir war nicht ganz klar, worauf Lucia hinauswollte.

»Für eine gewisse Zeit«, sagte sie, »sind wir in der Lage, entgegen unseren persönlichen Neigungen und Präferenzen zu handeln. Wir halten die von der Gesellschaft angepriesenen Werte für unsere eigenen. Doch wenn wir über Jahre hinweg die Bedürfnisse unseres Geistes und unseres Körpers missachten, so werden wir unweigerlich krank. Es braucht natürlich eine gewisse Reife und Selbstreflexion, um zu erkennen, was wir wirklich brauchen.«

In diesem Moment wurde mir bewusst, dass es nicht reichen würde, lediglich mit Pablo, Lucia und Bodhi in der Küche zu sitzen und ihre Erkenntnisse aufzusaugen. Mit dem erworbenen Wissen ging auch eine Verpflichtung einher, aktiv etwas in meinem Leben zu verändern. Doch eine innere Stimme – war es ein halbstarker Kumpel meines inneren Kritikers? – rief mir zu, dass es sich hier um viel unnützes Gelaber handelte und ich sowieso nicht in der Lage wäre, den ganzen Kram umzusetzen. Es war paradox: Wir sprachen über das Leben im Hier und Jetzt und ich grübelte bereits über mögliche Fallstricke in der Zukunft.

Natürlich konnte ich der Familie unmöglich diese Gedanken mitteilen und gab stattdessen vor: »Ich bin sonst eigentlich für meine schnelle Auffassungsgabe bekannt, aber das war mir, glaube ich, zuviel Input und Weisheit auf einmal. Vielleicht ist es auch alles nur zu abstrakt für mich momentan.«

Lucia schaute Bodhi wissend an und sagte: »Wenn es so ist, Felix, dann habe ich eine gute Idee, wie wir das morgen ändern können.«

Sie führte mich zum Gästezimmer, das sehr gemütlich eingerichtet war. Neben dem Bett stand ein prall gefülltes Bücherregal. An den Wänden hingen Fotos, die Bodhi und Pablo beim Surfen zeigten. Eine gebogene Stehlampe spendete ein warmes Licht und lud dazu ein, noch eine Weile auf dem braunen Ledersessel zu verweilen und ein gutes Buch zu lesen. Beim Durchstöbern der kleinen Bibliothek begriff ich, woher Lucia und Bodhi ihr reichhaltiges Wissen zur Persönlichkeitsentwicklung bezogen. Schließlich zog ich ein Buch hervor, welches perfekt zu diesem Tag passte: *Flow: Das Geheimnis des Glücks*.

✳✳✳

Am nächsten Tag erwachte ich erst gegen zwölf Uhr. Mein Körper holte sich anscheinend den Schlaf zurück, den ich ihm über die letzten Jahre hinweg verweigert hatte.

Im Badezimmer lag ein Stapel frischer Kleidung und eine Zahnbürste aus Holz für mich bereit. Nach einer wohltuenden kalten Dusche schlüpfte ich in die lässigen Surferklamotten und fühlte mich dadurch auf eine angenehme Weise jünger und lebendiger als noch ein paar Tage zuvor.

Ich öffnete die gläserne Schiebetür im Wohnzimmer und atmete die frische Meeresluft ein. Der Ozean sah aus wie ein silberner Spiegel, der die Strahlen einer goldenen Sonne reflektiert. Auf der Terrasse war ein Tisch mit vielen Köstlichkeiten für mich gedeckt. Die Familie schien unterwegs zu sein und so ließ ich mich bei meinem ausgiebigen späten Frühstück vom Rauschen des Meeres unterhalten.

Als ich das Geschirr in die Küche bringen wollte, bemerkte ich, dass sich hinter dem Haus ein Schuppen mit großen Fenstern verbarg. Neugierig ging ich über einen schmalen Pfad herüber und öffnete die Holztür. Dort stand Lucia mit einem in rote Farbe getränkten Pinsel in der Hand in einem sonnendurchfluteten Atelier. Überall waren kleine Farbtöpfe und an den Wänden hingen wunderschöne Bilder, die vom Wellenreiten und der unvergleichlichen Schönheit der Umgebung inspiriert waren. Sie nutzte viele leuchtende Farben, die ihre positive und optimistische Einstellung zum Leben widerspiegelten und den Betrachter sofort in eine gute Stimmung versetzten. Lucia lächelte und sagte: »Ich habe auf dich gewartet, Felix.«

Sie reichte mir einen weißen Malkittel. »So, jetzt kannst du dich hier ein bisschen austoben!«, schlug sie mir vor.

»Aber«, stammelte ich, »ich bin total unbegabt. Kunst war mein schlechtestes Fach in der Schule, ich habe es nach der zehnten Klasse abgewählt!«

Das war tatsächlich keine faule Ausrede. Nicht nur ich selbst wusste, dass ich nicht einmal ein erkennbares Strichmännchen auf ein Blatt Papier zeichnen konnte, sondern auch meine Lehrer hatten mir eine gewisse Unfähigkeit bescheinigt. In meiner Familie war ein Fach wie Kunst nie ernst genommen worden, sodass ich im Unterricht Mist gebaut und meine Bilder im Austausch für Mathe-Nachhilfe von talentierteren Mädchen hatte malen lassen. Um es auf den Punkt zu bringen: Ich hatte mich mit der Tatsache abgefunden, dass Kunst und ich keine Freunde mehr werden würden.

Lucia bemerkte mein Unbehagen und sagte: »Ich möchte dir dabei helfen, einen neuen Zugang zum Malen zu finden. Versuche einmal, alle deine Vorerfahrungen zu vergessen und tue so, als ob du zum ersten Mal in deinem Leben einen Pinsel in der Hand halten würdest.«

Sie gab mir einen mittelgroßen Pinsel und bat mich, mit den Fingerspitzen die Textur der Borsten zu spüren. Dann zeigte sie auf die mehr als 20 verschiedenen Farbtöpfe und forderte mich auf, mir eine Farbe auszusuchen. Ich tunkte den Pinsel in ein kräftiges dunkles Blau. Sie deutete auf eine große weiße

Leinwand, die auf einer mit Farbspritzern bedeckten Staffelei stand.

»Diese Leinwand gehört dir. Du kannst mit ihr machen, was du möchtest. Schau einfach, wohin dich deine Intuition und der Pinsel führen. Es gibt kein vorgegebenes Ziel und niemanden, der dein Bild bewertet. Es geht nicht um das Ergebnis, sondern nur darum, dass du Freude beim Prozess des Malens hast.«

Das war natürlich nicht die Herangehensweise, die ich sonst in meinem Leben wählte. Es ging immer darum, in einer möglichst kurzen Zeit ein vorgegebenes Ziel zu erreichen, ganz egal, ob der Weg dorthin nun Spaß machte oder nicht. Schließlich bezahlten uns unsere Kunden ja nicht dafür, dass wir Spaß bei der Arbeit hatten, sondern dafür, dass wir gute Resultate erzielten.

Lucia jedoch blieb beharrlich.

»Vertraue mir und lass dich fallen!«, beschwichtigte sie mich und band mir ein Tuch um die Augen.

Sie führte meine rechte Hand, in der ich den Pinsel hielt, zur Leinwand. Wie ein kleines Kind, das beim Topfschlagen im Dunkeln stochert, patschte ich mit dem Pinsel auf der Oberfläche herum. Glücklicherweise konnte ich durch die verbundenen Augen nicht sehen, wie tolpatschig das wohl wirken musste und es befreite mich gleichzeitig von dem Druck, hier etwas Vorzeigbares zu produzieren. Ich begann, in großen kreisenden Bewegungen mit dem Pinsel über die Leinwand zu fahren und auf einmal merkte ich, dass mir das erstaunlicherweise richtig Spaß bereitete. Ich verspürte sogar das Verlangen, weitere Farben hinzuzufügen und neue Muster zu kreiieren. Also riss ich mir ein wenig stürmisch das Tuch vom Kopf und rannte zu den Farbtöpfen.

»Ich werde dich jetzt eine Weile allein lassen«, eröffnete Lucia mir. »Du kannst alles, was du hier findest, nutzen. Hier ist übrigens ein Spachtel, falls du dein Bild wieder übermalen möchtest. Du kannst jederzeit neu beginnen. Und denk daran: Es ist völlig egal, ob du am Ende ein Bild produzierst, das dir gefällt oder ob hier wieder eine weiße Leinwand steht. Schalt einfach deinen Kopf aus!«

So machte ich mich ans Werk. Ohne darüber nachzudenken, ob die Farben nun zueinander passten, tunkte ich die verschiedenen Pinsel intuitiv in die Farbtöpfe und ließ sie über die Leinwand wandern – mal mit ausschweifenden und fast übertriebenen Bewegungen, mal mit kleinen Drehungen und Strichen, die mehr aus dem Handgelenk kamen. Da ich wusste, dass ich das Bild jederzeit wieder mit einer dicken Spachtelmasse überziehen konnte, störte ich mich gar nicht daran, wenn ein Strich einmal nicht gelang. Es war fast magisch. Ich war so in meinem Element, dass ich völlig in dieser Tätigkeit aufging und eins wurde mit dem, was ich tat. So hatte ich gar keine Zeit darüber nachzudenken, ob es nun gut oder schlecht war, was ich dort produzierte. Ich war im Flow!

***

Erst als es im Atelier so dunkel wurde, dass ich Schwierigkeiten hatte, die richtigen Farben auszuwählen, wurde mir klar, wie lange ich schon nicht mehr auf die Uhr geschaut hatte. Mindestens sechs Stunden mussten vergangen sein, seitdem ich meinen ersten Pinselstrich getan hatte. Es kamen Erinnerungen in mir hoch, wie ich als kleines Kind stundenlang mit meinen Legobausteinen neue Welten erschaffen konnte und erst meine Umgebung wahrnahm, wenn mich meine Mutter zum Abendessen rief. In diesem Moment trat Lucia lachend durch die Tür.

»Du fragst dich wahrscheinlich, wo sich der Lichtschalter verbirgt«, sagte sie. »Bodhi hat ihn vor ein paar Jahren ausgebaut, um zu verhindern, dass ich über dem Malen unsere gemeinsame Zeit am Abend vergesse. Ich bin hier häufig so in meinem Element, dass ich Zeit und Raum ausblende. Auch du musst mittlerweile ziemlich hungrig sein!«

Erst jetzt bemerkte ich mein Magengrummeln. »Es ist unglaublich«, stellte ich fest, »zum ersten Mal seit sehr langer Zeit habe ich ohne Unterbrechung an einer Sache gearbeitet und fühle mich nicht ausgelaugt wie sonst, sondern geradezu energiegeladen. Ich verstehe nun, was Pablo mit seiner Frage bezweckt hat. Ihr seid wirklich wunderbar, ich danke euch von ganzem Herzen dafür, wie ihr mir hier gerade die Augen öffnet!«

Das war keine Floskel, die ich nur so dahersagte. Es stimmte wirklich. Ich spürte eine große Dankbarkeit in mir. Es verwunderte mich fast, wie dieses Gefühl der Dankbarkeit und die Tatsache, dass ich sie offen gegenüber Lucia äußerte, mich mit einer inneren Wärme erfüllten, die mich sehr glücklich machte. In meinem bisherigen Leben hatte ich immer eher versucht, Dankbarkeit keinen allzu großen Raum zu geben. Sie sorgte dafür, dass man träge wurde und nicht mehr den Antrieb verspürte, mehr zu erreichen. Wenn man Dankbarkeit gegenüber seinen Kollegen zeigte, ruhten sie sich vielleicht auf dem Geleisteten aus und versuchten nicht, jeden Tag mehr zu geben. So jedenfalls hatte ich über Dankbarkeit in den vergangenen Jahren gedacht. Die Begegnung mit dieser besonderen Familie brachte diese Glaubenssätze nun ins Wanken und schien eine sehr positive Wirkung auf mich zu haben.

Nach dem Abendessen zog ich mich wieder in meine gemütliche Leseecke im Gästezimmer zurück und vertiefte mich in ein Buch, in dem es um die Bedeutung emotionaler Intelligenz ging. Der Umstand, dass mein Handy immer noch in den Händen des durchgeknallten Systemkritikers war, erwies sich dabei als Segen für mich. Normalerweise hätte ich noch E-Mails beantwortet und meinen unruhigen Geist hundertfach meinem klickenden und wischenden Daumen folgen lassen. Jetzt befand ich mich jedoch in einem meditativen Zustand der Klarheit. Ich begann den Typen, der mir alles gestohlen hatte, zu mögen.

Mit den ersten Sonnenstrahlen wachte ich auf. Ich fühlte mich noch fitter als am vergangenen Morgen und trat ans Fenster. Bodhi war bereits wach und wachste zusammen mit Pablo seine Surfbretter auf dem grünen Rasen.

»Hast du Lust auf eine kleine Surf-Session?«, rief er mir zu. Ich musste nicht lange überlegen. Seitdem ich Bodhi vor zwei Tagen zum ersten Mal in den Wellen gesehen hatte, verspürte ich das Verlangen, es ihm gleichzutun. Bodhi stattete mich mit einem Wetsuit aus und Pablo reichte mir stolz eines seiner Surfboards, das er speziell für blutige Anfänger wie mich geshaped hatte. So gingen Bodhi und ich mit unseren Brettern unter dem Arm den kleinen Weg zum Strand herunter. Pablo hatte sich eine Videokamera geschnappt und filmte uns.

»Für mich gibt es keinen besseren Weg, den Tag zu beginnen, als mit der Sonne aufzustehen, sie langsam hinter den Hügeln aufgehen zu lassen und sich von ihren ersten Strahlen wärmen zu lassen«, sagte Bodhi. »Alles um dich herum ist ruhig, du kannst dich denken hören. Das Meer gibt dir den Rhythmus für den Tag vor, es ist sozusagen unser Metrum. So schwingen wir uns mit der Natur ein und fühlen uns anschließend geerdet.«

Dann führte er mich in die Kunst des Wellenreitens ein. Zunächst erklärte er mir, wie man eine Welle anpaddelt und sich nach dem sogenannten *Take-off* richtig auf dem Board positioniert. Er ließ mich einige Trockenübungen am Strand vollführen und war erst zufrieden, als ich mit meinen Füßen genauso auf dem Board landete, wie er sich das vorstellte. Es war schon an Land nicht einfach, wie sollte das bloß unter erschwerten Bedingungen im Wasser werden? Zwar war ich als Kind mehrere Jahre Skateboard gefahren, doch war ich ein miserabler Schwimmer, der im Freibad von jeder 80-jährigen Oma überholt wurde. Bodhi jedoch versicherte mir glaubwürdig, dass mich das Board tragen würde.

So gingen wir schließlich ins Wasser. Es war kälter, als ich erwartet hatte. Die Wellen waren etwa drei Fuß hoch. Eine gute Höhe für mich, wie Bodhi feststellte. Zum Glück waren wir an dieser Stelle der Bucht die Einzigen, sodass ich mir keine Sorgen über das Gelächter der Locals machen musste, die sich über die Stehversuche eines absoluten Anfängers lustig machten. Bodhi paddelte den ankommenden Wellen entgegen und signalisierte mir mit einer Handbewegung, ihm zu folgen.

»Halt dein Board gut fest, wenn eine Welle kommt«, rief er mir zu.

Es war unglaublich anstrengend und ich merkte bereits jetzt, wie meine Oberarme diese Art von Belastung nicht gewohnt waren.

»Gleich haben wir es geschafft. Wir müssen nur hinter die letzte Welle kommen.«

Tatsächlich kamen wir nun zu einer Stelle, an der die Wellen nicht mehr brachen und wir uns auf die Boards setzen konnten, um von einer erhabenen Position aus die hereinrollenden Sets zu betrachten. Am Anfang fiel es mir schwer, das Gleichgewicht zu halten, doch nach einer Weile fand ich meine Balance. Bodhi erklärte, dass ein Set meistens aus drei Wellen bestehe und man am besten die letzte Welle des Sets nehmen sollte, um danach wieder einfacher hinauspaddeln zu können.

»Beim Wellenreiten ist Timing alles!«, erläuterte er mir. »Du musst genau im richtigen Moment die Welle anpaddeln und dann alles um dich herum einfrieren, um gelassen, aber trotzdem blitzschnell, aufzustehen. Es braucht jahrelanges Training. Du kannst nicht erwarten, dass es dir sofort gelingt.«

»Danke für die motivierenden Worte!«, entgegnete ich ironisch und wischte mir die brennende Sonnencreme aus den Augen.

»Ich wollte nur deine Erwartungen dämpfen«, sagte er lachend. »Du weißt ja, eine niedrige Erwartungshaltung ist der Schlüssel zum Glück.«

»Das ist mir neu!«, stellte ich fest. »Ich dachte, es wäre Dankbarkeit.«

»Die größte je durchgeführte Glücksstudie mit über 20.000 Probanden hat ergeben, dass wir generell viel glücklicher sind, wenn unsere Erwartungen übertroffen werden. Das heißt jedoch nicht, dass wir pessimistisch sein müssen. Oh, schau, da kommt eine Welle, die wie für dich gemacht ist!«

Ich legte mich auf mein Board und drehte meinen Kopf zur heranrollenden Welle. Aus dieser Perspektive sah sie auf einmal viel größer aus als vorher. Mein Herz pochte wild. Ich begann, ein bisschen zu hektisch zu paddeln.

»Bleib ganz ruhig und konzentriere dich!«, rief Bodhi.

Plötzlich merkte ich, wie mich die Welle mit unglaublicher Kraft anschob und nach vorn katapultierte. Es ging alles so schnell, dass an Aufstehen in diesem Moment überhaupt nicht zu denken war. Also hielt ich mich mit beiden Händen an der Spitze meines Boards fest und ließ mich einfach treiben. Es war ein göttliches Gefühl.

Erst nach mehreren Sekunden fiel mir ein, dass ich den *Take-off* völlig vergessen hatte. Die Welle verlor langsam an Kraft und so drückte ich mich mit einem Liegestütz hoch. Für eine gefühlte Sekunde gelang es mir sogar, aufzustehen. Ich hatte gerade noch Zeit, die Arme in den Himmel zu strecken und einen Jubelschrei auszustoßen, bevor ich unsanft vom Board gerissen wurde. So fiel ich auf ziemlich uncoole Weise ins Wasser.

Zum Glück war das Brett mit einer elastischen Leine an meinem rechten Knöchel befestigt, sodass ich es schnell wieder heranziehen und erneut hinauspaddeln konnte. Ich war wie elektrisiert. Auf einmal hatte ich viel mehr Energie als vorher und gelangte relativ schnell wieder zu Bodhi, der das Geschehen auf seinem Board sitzend betrachtet hatte.

»Nicht schlecht, du bist ein Naturtalent«, lobte er mich.

»Ich habe nur einen guten Lehrer«, entgegnete ich schmunzelnd.

Bestimmt zwei Stunden verbrachten wir im Wasser. Ab und zu gelang es mir tatsächlich, für einen kurzen Moment auf dem Brett zu stehen. Es war jedes Mal ein Hochgefühl. Ich war überrascht, wie viele Kräfte ich auf einmal mobilisieren konnte. Noch vor wenigen Tagen hatte ich auf dem Boden meines Badezimmers gelegen und mich nicht einen Zentimeter bewegen können. Handelte es sich letztendlich um eine rein psychosomatisch bedingte Erschöpfung?

Pablo hatte uns die ganze Zeit vom Strand aus gefilmt und mir immer freudig zugewinkt, wenn ich wieder eine Welle gestanden hatte. Als wir schließlich an den Strand zurückkehrten, empfing er mich mit der Frage: »Bist du jetzt im Flow?«

»Und wie«, bestätigte ich ihn lachend. »Ich danke dir, dass du mir mit deiner Frage gleich zwei wunderbare Flow-Erlebnisse beschert hast!«

***

Nach einem ausgiebigen Frühstück verbrachte ich den Großteil des Tages in der Hängematte. Das Surfen hatte mich müde gemacht, jedoch war es eine körperliche Müdigkeit, die sich gut anfühlte. So ließ ich meine Gedanken genauso vorbeiziehen wie die weißen Wolken am blauen Himmel. Die Beschäftigung mit neuen Themen und Perspektiven hatte meinen Fokus geweitet. In meiner Gedankenwelt konzentrierte ich mich nicht mehr nur auf die aufreibenden Kleinigkeiten des Alltags, sondern sah auf einmal das große Bild. Ich hinterfragte die Dinge, die ich täglich tat und verspürte einen gewissen Drang, mich selbst zu verändern. Dies wiederum führte zu einer positiveren Haltung gegenüber der Zukunft und erfüllte mich mit einer nicht ganz greifbaren Art von Energie, die ich speichern konnte, um sie im geeigneten Moment zu nutzen.

Zur Mittagszeit gesellte sich Pablo zu mir. Er reichte mir seinen Laptop und zeigte mir ein unglaublich professionell geschnittenes Video, das er innerhalb von zwei Stunden erstellt haben musste. Er hatte alle Highlights unserer morgendlichen Surfsessions zusammengefasst und sie mit einem entspannten Song unterlegt. Die Stimme des Sängers klang sehr nach Bodhis, doch war ich mir nicht ganz sicher. Bei einer Szene drückte Pablo auf die Stopp-Taste. Es war ein Moment, in dem ich auf dem Surfboard ins Straucheln geriet. Pablo schaute mich an und fragte: »Bist du im Gleichgewicht?«

Ich musste gar nicht auf seine Frage antworten, weil Pablo den Ausschnitt weiter abspielte und man sah, wie ich im nächsten Augenblick komplett die Balance verlor und ins Wasser fiel. Wir mussten beide lachen. »Offensichtlich nicht«, sagte ich.

»Wie kommst du ins Gleichgewicht?«, hakte Pablo nach. Mir war sofort klar, dass Pablo das Wellenreiten nur als Metapher benutzte, um mich auf eine noch größere und wichtigere Frage in meinem Leben aufmerksam zu machen.

»Ich werde es herausfinden«, versprach ich ihm.

Am späten Nachmittag gingen Bodhi und ich ein zweites Mal an diesem Tag ins Wasser. Es war eine ganz andere Stimmung als morgens. Am Strand tummelten sich einige Touristen und eine Surfschule hatte den Weg in die Bucht gefunden. So beruhigte es mich zu sehen, dass ich nicht der einzige Anfänger war und es durchaus andere gab, die sich wesentlich schlechter anstellten als ich. Doch warum musste ich mich eigentlich vergleichen? Waren Wellenreiter nicht so entspannt, weil man nicht unbedingt gegeneinander antrat, sondern jeder für sich auf dem Wasser seine Erfolgserlebnisse feiern konnte?

Die Wellen hatten eine andere Beschaffenheit als noch am frühen Morgen. Sie schienen weniger gleichmäßig in die Bucht zu rollen und so war es wesentlich schwieriger einzuschätzen, wann sie brachen. Bodhi, der mir keine Sekunde von der Seite wich, unterstützte mich allerdings so gut, dass es mir auch jetzt immer wieder gelang, das richtige Timing zu finden. Er brachte mir bei, die Wellen zu lesen und zu erahnen, wo sich der Wellenkamm befinden würde. Versuchte ich am Anfang noch, jede zweite Welle anzupaddeln, lehrte er mich Geduld.

»Das Wichtigste ist«, wiederholte er, »dass du die innere Ruhe besitzt, auf einen guten Augenblick zu warten, um dann voll konzentriert zu sein.«

***

Nach unserer Session war es bereits ruhig geworden am Strand. Die meisten waren in die umliegenden Dörfer zurückgekehrt, um das Abendessen vorzubereiten. Doch Bodhi hatte einen anderen Plan. Er legte sein Surfboard ab und schrieb eine Frage für mich in den Sand.

»Ich habe einmal gelesen, dass so bei den alten Griechen überhaupt erst die Schule entstanden ist«, sagte er. »Während die Olympioniken für ihre Wettkämpfe trainierten, machten sie ab und zu im Schatten der Olivenbäume eine Pause. Diese Pause nutzten sie, um an ihren rhetorischen Fähigkeiten zu feilen und sich mathematische Formeln zu erschließen. Nach und nach wurden diese Pausen zu Unterrichtsstunden ausgedehnt. Wenn du möchtest, können wir es in den kommenden Tagen genauso handhaben. Wir trainieren unseren Körper im Wasser und sorgen dafür, dass unser Geist die nötige Ruhe besitzt, um an Land die Dinge zu durchdringen.«

Im Sand stand:

Welche Werte sind dir wichtig?

Noch vor ein paar Tagen wäre mir diese Aufgabe relativ leicht gefallen.

Effizienz, Loyalität, Pflichtbewusstsein

Ich schrieb diese drei Begriffe in den nassen Sand und strich sie nacheinander mit meinem großen Zeh durch. Bodhi schaute mich fragend an.

»Das sind die Werte, die mir von meinen Eltern vermittelt worden sind und die mein Denken und Handeln im Berufsleben bisher geprägt haben. In unserer

Beratung ist Effizienz unser Wettbewerbsvorteil in einem hart umkämpften Markt. Und meine Eltern haben mich meistens nur dann ihre Liebe spüren lassen, wenn ich einer Aufgabe pflichtbewusst nachgekommen bin oder sie auf Händen getragen und mich dadurch loyal verhalten habe.«

»Kann es sogar sein, dass du deinen jetzigen Beruf gewählt hast, um von deinen Eltern Liebe und Akzeptanz zu erfahren?«

Ich musste schlucken. Zwar hatte ich mich schon früh so weit von meinem Vater emanzipiert, dass ich nicht – so, wie er es sich vorgestellt hatte – in seine Fußstapfen getreten war, doch war die Wahl meines Studiums und die Tätigkeit bei einer prestigeträchtigen Unternehmensberatung zumindest unbewusst durch die Vorstellungen meines Vaters geprägt gewesen. Wäre ich Kindergärtner oder Koch geworden, hätte er mich wahrscheinlich enterbt. Mir wurde klar: Die Werte, nach denen ich mein Leben ausrichtete, waren fremdbestimmt. Sie stammten von meinen Eltern, die ich trotz allem natürlich liebte, aber sie kamen nicht von mir. Eine tiefe Traurigkeit überkam mich.

»Weißt du«, unterbrach Bodhi meine Trübsal, »mir hat einmal ein weiser Mann gesagt, dass du mit 30 für dein Leben und dein Glück selbst verantwortlich bist. Wenn mich nicht alles täuscht, wirst du in drei Tagen 30. Es ist also allerhöchste Zeit, über deine Werte nachzudenken, die wirklich dein Denken und Handeln auf dieser Welt prägen sollen.«

Er machte eine Pause und blickte auf die Wellen. Seine Worte verfehlten ihre beabsichtigte Wirkung nicht. »Wenn wir unsere wichtigsten Werte tagtäglich missachten, oder wir dazu gezwungen werden, sie zu vernachlässigen, dann wird sich unser Körper irgendwann bei uns melden. Unser abgestumpfter Geist wird es vielleicht nicht tun, aber unser Körper vergibt uns diesen Zustand der Disharmonie nur für eine gewisse Zeit. So entstehen Erschöpfungszustände, die in unserer westlichen Welt mit dem Modebegriff *Burn-out* beschrieben werden. Deine Werte sind wie Sterne am Himmel, an denen du dich selbst in finsteren Zeiten orientieren kannst.«

Bodhi hatte recht. Anstatt jemand anders die Schuld zu geben und die äußeren Umstände als Ausrede zu nutzen, war es nun Zeit, selbst Verantwortung für das eigene Glück zu übernehmen und erwachsen zu werden. Mit einem zustimmenden Nicken signalisierte ich ihm, dass ich mich bereit fühlte, meine wahren Werte zu entdecken.

»Also, nehmen wir einmal an, du wärest mit einer kleinen Gruppe Schiffbrüchiger auf einer einsamen Insel gestrandet. Zusammen überlegt ihr, welche Werte euer gemeinsames Leben auf der Insel prägen sollen. Jeder von euch dürfte drei Werte nennen. Welche wären das für dich?«

»Für mich wäre wichtig«, antwortete ich nach einer längeren Pause, »dass die *Freiheit* des Einzelnen im Mittelpunkt steht. Jeder sollte seine individuellen Vorstellungen vom Leben verwirklichen können, ohne dabei die Freiheit der anderen einzuschränken.«

»Wie frei bist du in deinem jetzigen Leben?«, fragte Bodhi?

»Von außen betrachtet, bin ich sehr frei. Ich lebe in einem Land, in dem jeder seine Meinung frei äußern kann. Ich könnte jederzeit kündigen, wenn ich keinen Boss mehr haben möchte. Gleichzeitig ist mein Lebensstil sehr aufwendig und ich muss viel Geld verdienen, damit ich mir bestimmte Status-Symbole, die in meinem Umfeld wichtig sind, leisten kann. Stell dir vor, mein Lebensziel bis jetzt war es, mir zu meinem 30. Geburtstag einen schwarzen Porsche 911 vor die Haustür zu stellen. Er wird am Samstag geliefert! Es ist so, als ob ich in einem goldenen Käfig leben würde.«

»Es ist schon interessant«, erwiderte Bodhi. »Da leben wir in einer Welt voller Freiheiten und Möglichkeiten und bauen dafür unsere eigenen Mauern im Kopf. Ich glaube, dass unsere persönliche Freiheit mit einer neuen Denkweise beginnt, sie ist – genauso wie das Glück – eine Haltungsfrage. Doch lass uns später darauf zurückkommen. Welche anderen Werte sollten das gemeinsame Leben auf der Insel prägen?«

Nachdenklich griff ich mit meiner rechten Hand in den Sand und ließ ein ein paar Sandkörner durch meine Finger rieseln. »Noch vor kurzer Zeit hätte ich nicht im Traum darüber nachgedacht, doch halte ich nun *Gesundheit* für einen zentralen Wert. Wir beschweren uns zwar immer, wie viel Geld in unser Gesundheitssystem fließt und ein Teil der Kritik ist bestimmt berechtigt. Mittlerweile scheint es mir jedoch kaum etwas Wichtigeres zu geben, als gesund zu sein. Anscheinend muss man erst mit körperlichen Beschwerden konfrontiert werden, um die eigene Gesundheit schätzen zu lernen.«

»Unsere Gesundheit ist die Voraussetzung dafür, dass wir uneingeschränkt glücklich sein und mit Tatkraft und Energie unseren Träumen und Aufgaben nachgehen können«, pflichtete Bodhi mir bei. »Inwiefern wird dieser Wert in deinem Leben heute verletzt?«

»Er wird jeden einzelnen Tag durch die starke Belastung bei der Arbeit verletzt! Durch mein hohes, teilweise sogar selbst verordnetes Pensum erlaube ich mir nicht, einen gesunden Lebensstil zu führen. Ich ernähre mich von Fast Food und komme kaum dazu, Sport zu treiben. Sogar bei körperlichen Symptomen schiebe ich den Arztbesuch auf, weil ich es mir nicht leisten kann, Zeit in einem Wartezimmer zu verbringen oder gar einige Tage krankheitsbedingt zu fehlen. Es klingt wirklich verrückt.«

Bodhi nickte verständnisvoll. »Gibt es einen dritten Wert, der dein Leben entscheidend prägen soll?«

Ich ließ meinen Blick schweifen. Knapp über der Wasseroberfläche zogen zwei Kormorane vorbei. Etwa 50 Meter entfernt kamen eine blond gelockte junge Frau und ein dunkelhaariger Surfer aus dem Wasser und küssten sich innig. Auf der anderen Seite spielte ein Familienvater mit seinen beiden kleinen Kindern Fußball und malte ein Herz für seine Frau in den Sand. Mir wurde ungewohnt warm im Brustbereich.

»Oh Mann, es klingt verdammt kitschig, was ich nun sagen werde, und ich traue mich kaum, es auszusprechen. Aber wenn mir das Universum ausgerechnet jetzt diesen kitschigen Moment schenkt, dann wird es sich schon etwas dabei gedacht haben.«

Bodhi blickte mich erwartungsvoll an.

»*Liebe* soll der dritte Wert sein, nach dem ich mein Leben ausrichten möchte. Ich habe in den vergangenen Tagen erkannt, dass ich vieles von dem, was ich täglich tue, eigentlich nur mache, um geliebt zu werden.«

Noch während sich Bodhi offensichtlich über meine Einsicht freute, begann ich bereits zu zweifeln.

»Es gibt nur ein entscheidendes Problem«, sagte ich. »Wie kann ich erwarten, wahre Liebe zu empfangen, wenn ich selbst nicht in der Lage bin, Liebe zu geben?«

»Du hast recht, wir knüpfen unsere Liebe viel zu häufig an Bedingungen. Dabei ist es vor allem die bedingungslose Liebe zu uns selbst, die uns Geborgenheit und auch Sicherheit gibt.«

»Ist das nicht egoistisch?«, warf ich ein.

»Nein, es geht dabei nicht darum, wie ein eitler Narzisst jeden Morgen in den Spiegel zu schauen und sich selbst zu feiern. Erst wenn du dich mit all deinen Stärken und Schwächen lieben lernst und deine Selbstliebe nicht mehr von deiner Leistung abhängig machst, wirst du auch fähig sein, anderen Menschen deine Liebe zu geben.«

Bodhi schrieb meine drei Kernwerte in den Sand.

Freiheit, Gesundheit, Liebe

»Sie werden dir ab heute als Kompass dienen. Wenn du dich orientierungslos fühlst oder eine Entscheidung treffen musst, so denke an diese Werte. Du wirst ein glückliches Leben führen, wenn du im Einklang mit diesen Werten lebst.«

Sein Blick fiel nun auf die Werte, die ich zu Beginn unserer Unterhaltung durchgestrichen hatte. »Du kannst sogar die beiden Werte, die du anfangs genannt hast, *Loyalität* und *Pflichtbewusstsein*, nutzen, um das zu tun. Du musst sie nur für dich neu interpretieren. Anstatt dich einer bestimmten Aufgabe verpflichtet zu fühlen oder dich unmoralisch handelnden Personen gegenüber loyal zu verhalten, kannst du es ab heute als deine Pflicht ansehen, dich deinen Werten und deiner Überzeugung gegenüber loyal zu verhalten. So beschützt du dein Glück.«

Er machte eine Pause und schaute aufs Meer. »Wenn ich länger darüber nachdenke, kannst du sogar den Wert *Effizienz* so leben, dass du deine wichtigeren Werte beschützt. Wenn du effizient arbeitest, indem du dich auf das Wesentliche und nicht immer nur auf das Dringende konzentrierst, schaffst du dir mehr persönliche Freiheiten und Zeit, um deiner Gesundheit mehr Aufmerksamkeit zu schenken. Damit sind *Effizienz*, *Loyalität* und *Pflichtbewusstsein* – so wie es schon Aristoteles definiert hat – Sekundärtugenden, die dich auf dem Weg zum Glück unterstützen.«

Bodhi war nun im Flow. Es bereitete ihm sichtlich Freude, mich zu immer neuen Erkenntnissen zu treiben. »Und wenn wir schon über Aristoteles sprechen, müssen wir eigentlich über das Glück als solches reden. Es bedarf aus meiner Sicht gar nicht einer komplizierten Abhandlung oder Theorie. Vielmehr hilft uns hier eine ganz einfache Frage weiter: *Was lässt dein Herz höher schlagen?* Wenn du es herausfindest und genau das dann häufiger tust, kannst du sehr glücklich werden.«

»Wie würdest du denn Glück definieren?«, fragte ich ihn herausfordernd. »Ich habe das Gefühl, dass jeder das anders definiert und das wiederum führt zu einer gewissen Beliebigkeit.«

»Das stimmt«, antwortete Bodhi, »das ist in der Tat ein wenig verwirrend. Glück ist etwas Subjektives und trotzdem gibt es für mich eine Definition, die es für mich sehr gut trifft: *Wir sind glücklich in dem Maße, in dem wir unser Leben lieben.* Auf einer Skala von *1-10*, wie sehr liebst du dein Leben, Felix?«

Das war eine schwierige Frage und ein wenig verlegen malte ich mit meinem Finger kleine Kreise in den Sand. Vor ein paar Tagen hätte ich noch mit *3* geantwortet, heute war ich bei einer *7*, doch spürte ich in mir eine nicht ganz greifbare Angst emporsteigen, wie ich diese Frage wohl in einer Woche ohne meinen spirituellen Mentor Bodhi an meiner Seite beantworten würde. Ich schilderte ihm meine Bedenken und merkte an, dass das Glück doch nicht von der Tagesform abhängen könne.

Bodhi jedoch erklärte: »Na ja, du könntest doch über einen längeren Zeitraum jeden Tag deinen Glückswert notieren und einen Mittelwert bilden. So findest du heraus, wie glücklich du in diesem jeweiligen

Lebensabschnitt bist. Aber lass mich dir eine Frage stellen: Was hält dich hier und jetzt davon ab, komplett glücklich zu sein? Was wäre, wenn du dich genau in diesem Moment dazu entschließt, vollkommen glücklich zu sein?«

Ich war verwundert. Wie konnte ich selbst entscheiden, wie glücklich ich mich fühlte? Bisher war das Glück für mich häufig eher von den äußeren Umständen oder meinem Erfolg abhängig gewesen: Hatten wir den lang ersehnten Auftrag erhalten? Konnte ich mir mein Traumauto leisten? Es waren Dinge, die ich durch meine eigene Leistung in einem gewissen Maße beeinflussen konnte, ultimativ aber nicht ganz allein von mir entschieden werden konnten.

»Wenn ich jetzt selbst bestimmen könnte, wie glücklich ich mich fühle, dann würde das ja bedeuten, dass alle Menschen – egal, ob sie gerade in einem Bürgerkriegsland leben oder im Lotto gewonnen haben – jederzeit komplett glücklich sein könnten. Das klingt nicht unbedingt logisch!«

»Du hast aus meiner Sicht gerade eine entscheidende Erkenntnis formuliert«, rief Bodhi erfreut aus, »Glück ist nicht immer von den äußeren Umständen abhängig. Es ist vielmehr eine Haltungsfrage! Du könntest hier und jetzt entscheiden, dass du komplett glücklich bist und niemand könnte dir diese eigene Einschätzung streitig machen. Wir glauben immer, dass es irgendwie kompliziert sein müsse, glücklich zu sein, weil nur so wenige von uns wirklich glücklich scheinen. Wir können uns nicht vorstellen, dass es so einfach sein kann. Ich frage dich deshalb noch einmal: Was hält dich momentan davon ab, dich komplett glücklich zu schätzen?«

Bodhi wollte es es nun unbedingt wissen. Obwohl es mir nach so viel ungewohnter Beschäftigung mit mir selbst schwer fiel, noch einen klaren Gedanken zu fassen, ließ ich mich ein weiteres Mal auf seine Frage ein. »Es liegt wahrscheinlich daran, dass ich mir einen Idealzustand in meinem Leben vorstelle, der für mich mit dem maximalen Glückswert gleichzusetzen ist. Eine Frau an meiner Seite. Genug Geld, um mich zur Ruhe zu setzen. Körperlich fitter sein und vieles mehr.«

«Das bedeutet, dass du dich ständig mit einem Idealbild deiner selbst vergleichst? Glaubst du nicht, dass sich – selbst wenn du dich in vielen Bereichen optimierst – die Relationen für dich immer weiter verschieben, sodass auch die Ansprüche an dein Idealbild kontinuierlich steigen?«

»Und ich deshalb nie komplett glücklich sein kann?«, vollendete ich seinen Gedanken.

»Genau, und das würde ich dann als unlogisch bezeichnen«, schloss er ab und lachte.

Bohdi hatte wieder einmal recht. Ich hatte die Tendenz, mich ständig mit den Besten der Besten zu vergleichen. Und wenn ich das nicht tat, verglich ich mich mit einem Idealbild meiner selbst. Das war anscheinend der Maßstab, den ich anlegen musste, um mich meiner eigenen Leistungsfähigkeit zu vergewissern. In meiner Welt durfte ich mir nur erlauben, glücklich zu sein, wenn ich Leistung brachte. Doch die

Gespräche mit Bodhi hatten in mir eine andere Erkenntnis reifen lassen. Ich konnte auch glücklich sein, wenn ich ein Leben lebte, das im Einklang mit meinen Werten war. Es fühlte sich an, als hätte ich ein Stück Selbstbestimmung zurückgewonnen und das ließ mich wiederum die Freiheit spüren, die ich so lange vermisst hatte.

»**W**as ist heute für ein Tag?«

Pablo stand neben meinem Bett und hatte mich wachgerüttelt. Ich war schweißgebadet. Soeben hatte ich wieder von einer Kundenpräsentation geträumt. Der Deal war geplatzt und ich musste beim Autohändler anrufen, um meinen Porsche abzubestellen. Ich rechnete fieberhaft nach. Heute musste Dienstag sein, es war mein vierter Tag an diesem Ort. Pure Panik überkam mich. Wenn heute tatsächlich Dienstag war, dann gab es am Nachmittag wirklich einen außerordentlich wichtigen Termin, der unter normalen Umständen niemals ohne mich stattfinden dürfte. Ich sprang förmlich aus dem Bett.

»Pablo, es tut mir leid. Ich muss zurück. Heute ist Dienstag und es geht um meine berufliche Zukunft.«

Doch Pablo blieb seelenruhig und schaute mich für einen kurzen Augenblick intensiv an. Er wiederholte seine Frage: »Was ist heute für ein Tag?«

»Ich verstehe, deine Frage bezieht sich nicht auf den Wochentag.«

Zufrieden nickte er. Pablos Fragen hatten mir in kurzer Zeit so viele großartige Erkenntnisse beschert, dass ich mich ein weiteres Mal darauf einlassen sollte. Gleichzeitig verspürte ich beim Gedanken an den Termin heute Nachmittag ein unangenehmes Kribbeln am gesamten Körper. Also stürmte ich, nur in

Boxershorts und T-Shirt gekleidet, hektisch in die Küche und rief Lucia zu: »Bodhi muss jetzt unbedingt das Auto zurückholen! Ich muss sofort zum Flughafen!«

»Felix«, sagte sie beschwichtigend, »es scheint mir, als ob du in einer Welt voller schlechter Träume gefangen und noch nicht bewusst in diesen Tag gestartet bist!«

»Das kann schon sein, aber heute kann ich es mir wirklich nicht leisten, das ganze Esoterikzeug mit euch zu machen. Ich muss zurück!«

Bereits im selben Moment, in dem ich diesen Satz vollendet hatte, bereute ich ihn schon. Wie konnte ich die Frau, die mir völlig selbstlos in den letzten Tagen so sehr geholfen hatte, in dieser Form angreifen und verletzen?

Doch anstatt sauer auf mich zu sein und mich in den Wind zu schießen, schaute mich Lucia emphatisch und liebevoll an.

»Es ist vollkommen normal«, sagte sie, »dass wir in alte Muster zurückfallen. Um unser Leben nachhaltig zu verändern, bedarf es mehr als nur der Erkenntnis. Wir müssen Strategien entwickeln, mit deren Hilfe wir unser Glück und unsere Träume beschützen. Und zwar jeden einzelnen Tag. Wenn du willst, dann wecke ich jetzt Bodhi, der gestern erst spät von seiner Bandprobe nach Hause gekommen ist. Er holt deine Sachen, du kehrst in dein altes Leben zurück und nimmst den wichtigen Termin wahr. Willst du das?«

»Ich bin verwirrt«, stammelte ich.

»Was passiert, wenn du nicht am Termin teilnimmst?«

»Im schlimmsten Fall verlieren wir unseren Kunden und ich werde gefeuert.«

»Und was bedeutet das?«, hakte Lucia nach.

»Das würde bedeuten, dass ich meinen bereits bestellten Porsche zurückgeben müsste und meinen Lebenstraum somit nicht erreicht hätte.«

»Wie viel *Freiheit, Gesundheit* und *Liebe* gibt dir dieses schöne Stück Blech auf vier Rädern?«

»Ich sehe, du hast mit Bodhi gesprochen. Das ist nicht fair!«

»Nein, habe ich nicht. Alles, was du mit Bodhi besprichst, ist vertraulich. Ich habe lediglich heute Morgen einen Strandspaziergang gemacht, um mich mental auf den Tag vorzubereiten.«

»Und dabei meine Werte im Sand gelesen«, kombinierte ich. »Na ja, ein Porsche verkörpert für mich schon ein gewisses Gefühl von Freiheit.«

»Das ist interessant. Ich hatte einmal einen Freund, der einen Porsche besaß. Jedes Mal, wenn wir dem Trubel der Stadt entfliehen und für ein Wochenende Freiheit in der Natur erleben wollten, borgten wir uns aber den VW-Bus meiner Eltern. Sein Porsche war sogar ein Grund, warum wir uns damals trennten. Es war fast lächerlich, wie sehr er an diesem Ding hing. Er musste so viel Geld für Versicherungen und Reparaturen bezahlen, dass er mich über seine Arbeit total vernachlässigte. Die Fantasie von Freiheit, die du dir erträumst, entspringt, glaube ich, einem gut gemachten Werbespot.«

»Es geht hier auch um die Freiheit, sich alles leisten zu können. Selbst vermeintlich unvernünftige Dinge wie meinen Porsche«, verteidigte ich mich nun fast ein wenig ungehalten.

»Wer von beiden ist der reichere Mann?«, konterte Lucia. »Derjenige, der sich seinen materialistischen Traum von einem teuren Auto erfüllt und sein altes unfreies Leben weiterlebt? Oder derjenige, der über seine Zeit so verfügen kann, dass er ein Leben im Einklang mit seinen Werten führen kann?«

Nach einer Weile fuhr sie fort: »Felix, mit dem Kauf deines Porsches wirst du dich mit Sicherheit für ein paar Tage, vielleicht sogar für eine ganze Woche, high und stolz fühlen. Immerhin war es bis jetzt dein Lebenstraum, ihn zu besitzen. Ihn aufzugeben, wird dir wie ein Verlust erscheinen, denn in deinem Geiste besitzt du ihn ja schon lange. Doch spätestens nach einer Woche wirst du merken, wie ein Gewohnheitseffekt eintritt. Du gewöhnst dich daran, diesen Wagen zu besitzen und dein empfundenes Glück wird von Tag zu Tag abnehmen. In deiner Logik strebst du dann wieder etwas Materielles an, um diese Lücke zu füllen.«

Lucia griff nun nach einer Tasse und stellte sie vor mich hin. Dann schenkte sie mir ihren frisch zubereiteten Tee ein. Während sie mich dabei lächelnd anschaute, goss sie immer weiter, bis das Gefäß schließlich überlief. »Unsere sonst so achtsame Lucia ist nicht ganz bei der Sache«, dachte ich ein wenig schadenfroh und rief: »Stopp, die Tasse ist voll! Es passt nicht mehr rein!«

Doch sie machte keine Anstalten, die Teekanne abzusetzen und goss immer weiter, bis der Tee über den Tisch auf den Fußboden lief.

»Dieser Tee steht für die materiellen Dinge in deinem Leben. Wie willst du sie zu schätzen wissen, wenn du nicht ab und zu deine Tasse leerst?«

Ich starrte auf den von der Tischkante tröpfelnden Tee und überlegte, was genau er in meinem Leben symbolisierte. Sollte ich auf meinen Porsche verzichten?

»Das Problem ist, dass ich keine Ahnung habe, wie ich das in meinem Freundeskreis vermitteln soll«, gestand ich Lucia. Jeder weiß, dass ich an meinem Geburtstag am Samstag einen Porsche vor die Tür gestellt bekomme. Ich kann das jetzt nicht abblasen. Sie werden mich für einen Schaumschläger und vielleicht sogar für einen Versager halten!«

»Ich möchte dir nicht zu nahe treten, doch frage ich mich gerade, von welchen Freunden du sprichst. Ein wahrer Freund wird versuchen, deine Beweggründe zu verstehen und dich niemals für einen Versager halten. Oberflächliche Bekanntschaften würden das vielleicht tun. Sie würden es sich möglicherweise sogar herausnehmen, dich ungefragt zu beurteilen. Wenn du dich selbst bisher lediglich über deinen materiellen Erfolg definiert und dich mit Menschen umgeben hast, die das auch tun, so musst du heute eine Entscheidung treffen. Willst du dich von dieser Denkweise lösen und damit auch riskieren, dass sich einige sogenannte Freunde von dir abwenden?«

In diesem Augenblick kam Pablo in die Küche.

»Es ist der Tag der Entscheidung!«, verkündete ich.

Er nickte und fragte: »Was machst du jetzt?«

Ich musste nicht eine Sekunde überlegen. »Ich wecke Bodhi. Aber nicht, um ihn meinen gestohlenen Wagen zurückholen zu lassen. Ich bleibe. Den Termin heute Nachmittag wird Paul auch ohne mich wuppen. Wir gehen surfen!«

***

Auf dem Weg zum Strand kreisten meine Gedanken immer noch um meine Unterhaltung mit Lucia. Zwar waren ihre Argumente überzeugend gewesen, doch merkte ich, wie sich eine nicht definierbare Kraft in meinem Inneren gegen ihre Logik wehrte.

»Woran liegt es, dass wir – selbst wenn wir unsere Werte erkannt haben – noch immer an den falschen Dingen festhalten?«, fragte ich Bodhi, der ein wenig verschlafen neben mir ging.

Er dachte kurz nach und antwortete: »Es hat damit zu tun, was diese Dinge für uns repräsentieren. Wir werden unbewusst gesteuert durch drei Motive: *Leistung*, *Macht* und *Anschluss*. Sie prägen häufig unser Denken und Handeln und versperren uns dabei nicht selten den direkten Weg zu einem glücklichen Leben. Besonders *Leistung* und *Macht* befriedigen unser Ego, das wir eigentlich komplett ausschalten sollten. Ich kenne nur sehr, sehr wenige Menschen, die durch Meditation und spirituelle Übungen ihr Ego transzendieren können.«

»Und was machen die Normalsterblichen?«, hakte ich ein.

Uns bleibt nur dieser Weg: Wir akzeptieren unsere unbewussten Motive und versuchen sie positiv zu nutzen, anstatt ihrem zerstörerischen Potenzial nachzugeben. Sie haben nämlich die Kraft, uns unseren Zielen ein gutes Stück näher zu bringen. Wenn wir nun unsere Ziele so formulieren, dass sie im Einklang mit unseren Werten stehen, dann können unsere Motive als Schrittmacher fungieren. Sobald jedoch nur unsere Motive unser Handeln bestimmen, existiert keine Harmonie und wir sind nicht glücklich, obwohl wir unsere selbst gesteckten Ziele erreichen.«

»Kannst du mir ein Beispiel geben?«

»Natürlich. Ausgehend von den drei unbewussten Motiven, was repräsentiert dein Porsche für dich?«

»Wenn ich ganz ehrlich bin, so zeige ich durch das Auto allen, dass ich schon in jungen Jahren etwas Außergewöhnliches geleistet habe und deshalb in der Lage bin, es zu besitzen. Es war mir schon immer wichtig, dass meine Leistung von anderen wahrgenommen und auch gewürdigt wird. Gleichzeitig ist der Wagen auch eine Art Machtdemonstration. Nicht so offensichtlich wie bei einem SUV, an dem keiner in einer engen Straße vorbeikommt. Vielmehr geht es wohl darum zu zeigen, dass ich in der Gehaltspyramide schon sehr weit oben angekommen bin und deshalb auch mehr Einfluss besitze als viele andere. Mich an die

Spitze einer Gruppe zu setzen und zu ihrem Anführer zu werden, war auch schon immer mein Ding.«

»Es scheint, als ob die Motive *Leistung* und *Macht* bei dir sehr stark ausgeprägt wären. Sie haben bisher deine Lebensträume bestimmt, weil du in einem *Um-zu-Modus* operiert hast.«

»Wie bitte?«

»Du musst Leistung bringen, um geliebt zu werden. Du musst Macht demonstrieren, um akzeptiert zu werden. Mit dieser Logik beraubst du dich deiner eigenen Freiheit, weil du dein Glück von den äußeren Umständen abhängig machst.«

»Aber Leistung zu bringen und eine Gruppe anzuführen sind doch per se nichts Schlechtes«, warf ich ein.

»Nein, natürlich nicht. Ich habe an mir selbst erfahren, dass ich mein Leistungsmotiv nicht auf Dauer unterdrücken kann. Wie ein kleines unbändiges Kind kommt es immer wieder zum Vorschein. Deshalb habe ich gelernt, diese Energie für mich in die richtigen Bahnen zu lenken und sie für die Erfüllung meiner Mission zu nutzen.« Bodhi blieb auf dem schmalen Pfad stehen und sah mich eindringlich an.

»Welche Mission?«, fragte ich erstaunt.

»Ich hatte gehofft, dass du das fragst«, erklärte Bodhi zufrieden. »Darüber sprechen wir nach dem Surfen. Schau, die Wellen sind heute besonders gut. Jetzt kannst du einmal zeigen, was du in den vergangenen Tagen gelernt hast und dein Leistungsmotiv ein bisschen befriedigen«, sagte er augenzwinkernd und wies mit einer ausladenden Armbewegung zum Meer, das sich heute unter einem bewölkten Himmel sehr aufbrausend zeigte. Die Wellen rauschten donnernd an den Strand.

Wenn Bodhi mich so herausforderte, dann musste ich ihm beweisen, was für ein ausgezeichneter und aufmerksamer Schüler ich gewesen war. Mit kräftigen Zügen paddelte ich gegen die starke Brandung. Die Wellen waren bestimmt fünf Fuß hoch und zwangen uns mit einem sogenannten *Duck Dive,* unter ihnen hindurchzutauchen. Nach ungefähr zehn Minuten erreichten wir die letzte brechende Welle und setzten uns auf unsere Surfbretter, um die hereinrollenden Sets zu beobachten.

Ich signalisierte Bodhi, dass ich am heutigen Morgen seine Unterstützung nicht brauchte. Ich wollte es allein schaffen. So wählte ich mit Absicht eine Welle aus, die größer war als alles, was ich zuvor gesurft hatte. Von meinem puren Ehrgeiz getrieben, paddelte ich die Welle an und sprang mit einem Satz aufs Board.

Doch ich hatte die Kraft dieses Monsters unterschätzt und wurde mit voller Wucht ins Meer geschleudert. Unter Wasser verlor ich die Orientierung und wurde panisch. Erst als mir fast die Luft ausging, tauchte ich wieder an die Oberfläche, allerdings nur für einen kurzen Augenblick. Gerade hatte ich die Augen geöffnet, da kam auch schon das nächste Ungetüm und drückte mich nach unten. So ging es noch zwei Mal und ich war kurz davor, aufzugeben und mich den Fischen zum Fraß zu opfern. Da tauchte im richtigen Moment

Bodhi neben mir auf, verfrachtete mich auf mein Board und schickte mich liegend mit der nächsten Welle gen Strand. Völlig erschöpft fand ich mich auf dem nassen Sand wieder und verfluchte meine Unfähigkeit.

»Was ist passiert?«, fragte Pablo, der uns später gefolgt war, um das Geschehen vom Strand aus zu beobachten und es zu allem Überfluss auch noch zu filmen.

»Das musst du bitte löschen«, sagte ich. »Mein Board ist nicht für diese Wellen gemacht. Mit einem anderen Board wäre das nicht passiert.«

Das klang vorwurfsvoll und war natürlich eine törichte Aussage. Ganz offensichtlich war meine Antwort auf seine Frage unzureichend. Ich war wütend auf mich selbst, doch musste ich wie immer die äußeren Umstände für meinen Ärger verantwortlich machen.

»Ich gehe jetzt noch einmal da raus und bezwinge diese Welle!«, entschied ich trotzig.

Pablo lächelte mich an wie jemand, der es aus eigener Erfahrung besser weiß. Zum zweiten Mal an diesem Morgen paddelte ich hinaus und merkte, wie meine Arme bereits wesentlich schwerer waren. Dennoch erreichte ich schließlich die Stelle, an der Bodhi mit größter Entspanntheit eine Welle nach der anderen abritt. Als er mich sah, reckte er seinen Daumen empor und rief: »Du gibst nicht auf, das gefällt mir!«

»Niemals!«, brüllte ich zurück und paddelte die nächste Welle an.

Allerdings waren meine Arme noch zu ermüdet vom Herauspaddeln, sodass es mir nicht gelang, überhaupt in die Welle zu kommen. Frustriert schlug ich mit meiner Hand auf die Wasseroberfläche und fluchte. Anstatt ein paar Minuten zu warten, versuchte ich sofort, diesen Schnitzer mit der nächsten hereinrollenden Welle wieder gutzumachen. Natürlich sollte es mir auch dieses Mal nicht gelingen.

Nun schaute ich herüber zu einer kleinen Gruppe von Surfern, die an diesem Morgen in die Bucht gefunden hatten. Obwohl sie keine Locals, sondern Touristen waren, ritten sie ohne große Mühe auf den Wellenkämmen und beglückwünschten sich gegenseitig zu ihren gelungenen Manövern. Während ich mich gestern noch mit anderen Surfern hatte freuen können, nervte mich ihr Erfolg heute ganz gewaltig. War ich der Einzige, der es nicht gebacken bekam? Je mehr ich mich in meinen Ärger hineinsteigerte, desto weniger brachte ich zustande. Nicht ein einziges Mal schaffte ich einen *Take-off* und am Ende paddelte ich frustriert zurück in die Bucht.

»Du siehst nicht gerade glücklich aus«, sagte Bodhi, der mit Pablo schon eine Weile am Strand gestanden und mich beobachtet hatte.

»Ja«, erwiderte ich, »das war nicht unbedingt eine Flow-Session.«

»Dir ist hoffentlich klar, was passiert ist?«, fragte er.

Noch war ich viel zu wütend auf mich selbst, um mit kühlem Kopf darüber nachzudenken. Also verschaffte ich mir ein wenig Zeit, indem ich mein Brett in den Sand legte und meinen nassen Wetsuit abstreifte. Mit jedem tiefen Atemzug ließ mein Ärger langsam nach und ich begann zu verstehen, was geschehen war.

»Du hast mich bei meinem Ehrgeiz gepackt. Auf einmal war mein Ego wieder da und hat alles überpowert. So fehlte mir die nötige Ruhe und ich war gefangen in meinem schwarzen Tunnel.«

Die beiden nickten bestätigend.

»Und das Schlimmste ist: Ich konnte diese Session nicht einmal genießen. Trotz unserer Gespräche habe ich versucht, der Geilste hier im Wasser zu sein«, sagte ich klagend und raufte mir die Haare.

»Und dennoch kannst du dir auf die Schulter klopfen!«, beschwichtigte mich Bodhi. »Du hast nicht aufgegeben da draußen. Das ist viel wert! Wenn du es jetzt noch schaffst, deinen Drive in die richtigen Bahnen zu lenken, dann wirst du auf gesunde und entspannte Weise sehr viel bewegen können. Ich glaube, du bist reif für deine Mission!«

Nach einem ausgiebigen Frühstück machten Bodhi und ich uns einige Stunden später auf zu einer Wanderung.

»Heute wollen wir hoch hinaus. Ein bisschen Weitblick wird dir gut tun«, sagte er.

»Ich bin sehr gespannt. Vor allen Dingen frage ich mich schon die ganze Zeit, warum wir denn unbedingt so etwas wie eine Mission brauchen. Das klingt irgendwie überzogen.«

»Alles, was ich dir mit auf den Weg gebe, ist lediglich ein Angebot. Du allein entscheidest, was du für dich annimmst und als sinnvoll erachtest. Ich würde niemals auf die Idee kommen, einem anderen Menschen vorzuschreiben, dass er so etwas wie eine Bestimmung auf dieser Erde haben müsse. Doch für jemanden wie dich, der auf der Suche nach Sinnhaftigkeit in seinem Leben ist und seinem täglichen Tun Bedeutung geben möchte, kann das Konzept der Mission durchaus sehr hilfreich sein.«

Bodhi machte eine kunstvolle Pause, um sich meiner Zustimmung zu vergewissern.

»Wenn du deine Bestimmung gefunden hast«, fuhr er fort, »dann beginnt für dich eine neue Zeitrechnung. Du misst deinen Erfolg nicht mehr an deinem Gehalt oder deinem Jobtitel, sondern du blickst auf den Tag zurück und fragst dich: Was habe ich heute getan, was der Erfüllung meiner Mission geholfen hat? Sie ist wie ein Leitstern für dich, der dir Orientierung gibt. Wenn du vor einer schwierigen Entscheidung stehst und nicht genau weißt, welcher Weg der richtige für dich persönlich ist, dann kann dir deine Mission helfen, eine für dich stimmige Antwort zu finden.«

»Das klingt gut. Aber ich kann mir noch nichts Konkretes darunter vorstellen. Natürlich kenne ich den Begriff Mission aus dem Unternehmenskontext. Dort sind es meistens leere Worthülsen, die aus Marketingzwecken auf einer Website erscheinen und mit denen sich die wenigsten Mitarbeiter wirklich identifizieren können.«

»Ja, das stimmt. In vielen Unternehmen wird der Sinnhaftigkeit unserer Arbeit schlichtweg keine Bedeutung beigemessen, weil es bloß um kurzfristige Profitmaximierung geht. Dabei verkennen viele Führungskräfte, dass ihre Mitarbeiter um ein Vielfaches motivierter und damit auch produktiver und gesünder sein könnten, wenn sie einen Sinn hinter ihrer täglichen Arbeit sehen würden. Im Optimalfall stellen Personalchefs sogar nur Personen ein, deren persönliche Missionen sich mit den Zielen des Unternehmens decken.«

»Dazu müssten sich die Bewerber erst einmal ihrer eigenen Werte und Ziele bewusst sein«, warf ich ein.

Bodhi schaute mich vielsagend an. »Damit hast du bereits den Kern meiner persönlichen Lebensaufgabe getroffen. Sie lautet: *Ich möchte andere Menschen inspirieren und sie dabei unterstützen, ihre Persönlichkeiten und Begabungen weiterzuentwickeln, um wertvolle Missionen zu verfolgen.*«

Langsam begann ich, Bodhi zu verstehen. Deshalb hatte er mich unter seine Fittiche genommen. Er hatte für sich beschlossen, einzelne Sinnsucher anzutippen, und hoffte darauf, dass sie zu Spielveränderern wurden, die – wie bei einem positiven Domino-Effekt – wiederum andere Menschen antippten. Vielleicht hatte er sich ja sogar bewusst mich ausgesucht, weil er wusste, dass ich in der Lage war, in einem größeren Rahmen etwas zu bewegen und mein Streben nach Leistung und Macht positiv für dieses Ziel zu nutzen. Ich gelobte insgeheim, ihm diesen Wunsch zu erfüllen. Das war das Mindeste, was ich schon allein aus Dankbarkeit tun konnte.

»Wie finden wir heraus, was unsere Bestimmung ist?«, fragte ich.

»Dazu müssen wir zunächst einmal unseren Blick in die Vergangenheit richten. Kennst du die berühmte Rede, die Steve Jobs bei einer Abschlussfeier der Stanford University im Jahr 2006 gehalten hat?«

»Ich habe davon gehört, doch bisher noch nie die Zeit gefunden, sie mir anzuschauen.«

»Sie ist sehr inspirierend. Steve Jobs verbindet in dieser Rede die einzelnen Punkte in seinem Leben zu einem stimmigen Gesamtbild. Wusstest du, dass er selbst sein Studium in Stanford abgebrochen und sich später als Gasthörer bei einem kleineren College eingetragen hat? Dort folgte er seinen Neigungen und entschied sich, Kalligrafie-Unterricht zu nehmen, der zum damaligen Zeitpunkt keinen erkennbaren Nutzen für ihn hatte. Doch viele Jahre später half ihm genau diese Beschäftigung mit ästhetischen Schriftarten, den ersten

Rechner mit ansprechender Typografie zu erschaffen und so Menschen weltweit die eher lästige Arbeit mit dem Computer zu versüßen. Er folgte seinem inneren Kompass und machte Apple zu einem der erfolgreichsten Unternehmen unserer Zeit.«

Bodhi wusste, dass er mit seiner Geschichte einen Nerv bei mir traf. Unternehmerpersönlichkeiten wie Steve Jobs, Elon Musk oder Mark Zuckerberg waren an meiner Uni verehrt worden. »Es geht also bei deiner Mission auch darum, scheinbar nicht zusammenhängende Dinge kreativ miteinander zu verknüpfen und sozusagen ein kosmisches Bewusstsein dafür zu entwickeln, warum wir gewisse Erfahrungen gemacht und bestimmte Wege in unserem Leben eingeschlagen haben.«

Wir waren mittlerweile auf einer kleinen Anhöhe angekommen und blickten aus einer für mich ganz neuen Perspektive auf die Bucht. Ich konnte die Straße und den Parkplatz erkennen, an dem ich vor einigen Tagen übernächtigt meinen Mietwagen geparkt hatte. Es kam mir wie eine kleine Ewigkeit vor.

»Wenn du selbst an deine Kindheit zurückdenkst, gibt es dort zum Beispiel etwas, was du mit besonderer Leidenschaft gemacht hast?«, fragte Bodhi. »Etwas, wobei du Zeit und Raum vergessen hast, und wofür du von anderen Menschen vielleicht Anerkennung oder sogar Bewunderung erfahren hast?«

Eigentlich war ich sehr gut darin, Puzzleteile zusammenzufügen und verschiedene Aspekte miteinander in Verbindung zu bringen. Doch wenn ich über mein eigenes Leben nachdachte, war ich scheinbar blockiert. Außer dem Spielen mit Lego-Bauklötzen fiel mir nichts Besonderes ein.

Bodhi merkte, dass ich keinen richtigen Zugang zu seinen Fragen fand. »Vielleicht hilft es dir, wenn ich eine prägende Erfahrung aus meiner Kindheit erzähle. Ich erinnere mich an eine Theateraufführung, in der ich Robin Hood gespielt habe. Eigentlich lag mir die Schauspielerei nicht sehr und ich sollte eine unbedeutende Nebenrolle in dem Stück spielen. Mein bester Freund war für die Hauptrolle vorgesehen. Doch am Vorabend der Veranstaltung verletzte er sich und unsere Lehrerin fragte am nächsten Morgen ziemlich aufgelöst, wer von uns einspringen wolle.«

Die lebhafte Erinnerung an diese Erfahrung ließ Bodhis Stimme höher als gewöhnlich klingen. »Als sich niemand meldete, fasste ich mir ein Herz und bewarb mich für die Rolle. Fieberhaft lernte ich am Nachmittag den Text auswendig und stellte mich ohne Generalprobe am Abend auf die Bühne. Ich identifizierte mich so sehr mit Robin Hood und seinem Kampf für Freiheit und Gerechtigkeit, dass ich völlig in der Rolle aufging. Als ich die Bewohner von Sherwood Forrest gegen den bösen Sheriff von Nottingham verteidigte und sie in ein freies Leben führte, bekam ich eine Gänsehaut auf der Bühne. Es fühlte sich so gut an, dass ich mir in diesem Moment selbst versprach, eines Tages einmal ein moderner Robin Hood zu sein. Am Ende erhielten wir tosenden Applaus vom Publikum und meine Lehrerin weinte vor Glück.«

In diesem Moment dämmerte es mir. Hatte Bodhi nicht noch vor ein paar Tagen erzählt, dass mein Mietwagen von einem selbst ernannten Robin Hood gestohlen worden sei? Waren dieser angeblich durchgeknallte Typ und er dieselbe Person? Ich wusste nicht recht, was ich denken oder sagen sollte. Bodhi war schon ein faszinierender Mensch, den eine gewisse Mystik umgab. Ein Teil dieser geheimnisvollen Aura stammte wahrscheinlich daher, dass er mich immer wieder überraschen konnte und seine Persönlichkeit so viele verschiedene Facetten hatte. Es war seltsam: Fast wünschte ich mir, dass sich mein Verdacht bestätigen würde.

Anstatt ihn jedoch mit meiner Vermutung zu konfrontieren, fragte ich neugierig: »Was ist aus deinem Versprechen geworden?«

»Wie es manchmal mit Versprechen so ist: Ich habe es zunächst nicht eingehalten. Die Lücke zwischen Fiktion und Realität war einfach zu groß und dann kam auch noch die Pubertät dazwischen. Doch viele Jahre später, als ich realisierte, dass ich in meinem Job eher den Sheriff von Nottingham und nicht Robin Hood repräsentierte, half mir diese prägende Kindheitserinnerung, mein Leben komplett umzukrempeln.«

»Du willst damit sagen, dass du jetzt so eine Art moderner Robin Hood bist?«, bohrte ich nach.

»Ich denke schon!«

Damit hatte er sich endgültig verraten.

»Doch kommen wir zurück zu dir, Felix«, lenkte Bodhi die Aufmerksamkeit wieder auf mich. »Gab es vielleicht in deiner Kindheit ein prägendes Erlebnis, an das du dich entsinnen kannst?«

Seine Geschichte hatte mir den Zugang zu tief vergrabenen Erinnerungen eröffnet. Auf einmal zogen mehrere Bilder vor meinem inneren Auge vorbei. Sie hatten alle mit Situationen zu tun, in denen ich mit meinen Freunden Sport machte oder in der Natur spielte.

»Ja, an ein Ereignis kann ich mich besonders gut erinnern. Wir nahmen an einem regionalen Fußballturnier teil, dem wir als kleine Jungs bestimmt mehrere Wochen entgegengefiebert hatten. Ich war der Kapitän und für die Aufstellung der Mannschaft zuständig. Nach der ersten Halbzeit lagen wir fast aussichtslos 3:0 zurück und in der Halbzeitpause hielt ich eine Ansprache an mein Team. Irgendwie schaffte ich es, jeden so zu motivieren, dass wir in der zweiten Halbzeit das Spiel drehten und mit 4:3 sogar als Sieger vom Platz gingen. Ich schoss das entscheidende Siegtor und wurde gefeiert wie ein Held.«

»Das ist beeindruckend! Du hast also aus jedem sein Bestes herausgeholt?«, fragte Bodhi.

»Ja, dafür habe ich tatsächlich ein Talent. Mir liegt es sehr, andere Menschen zu motivieren und sie zur Bestleistung anzuspornen.«

»Gab es später noch ein ähnliches Erlebnis?«

Ich blieb kurz stehen, um den Rucksack, den mir Pablo geliehen hatte, abzusetzen und einen Schluck Wasser zu trinken. Je weiter wir kamen, umso beschwerlicher wurde der Aufstieg. Die Erinnerung an meine Schulzeit ließ in mir gemischte Gefühle aufkommen.

Meine Eltern schickten mich mit 14 Jahren auf ein elitäres Internat für Hochbegabte in der Nähe meiner Heimatstadt München. Zuvor hatte ich mich auf meiner alten Schule gnadenlos unterfordert gefühlt. Irgendwann empfahl mein Klassenlehrer, mich auf Hochbegabung zu testen. Es stellte sich heraus, dass ich einen überdurchschnittlichen IQ hatte und meine Beschäftigung mit unterrichtsfremden Dingen eher aus Langeweile als aus pubertärem Protest resultierte. Auf dem Internat fühlte ich mich endlich verstanden. Ich musste meine Intelligenz nicht mehr vor den anderen verbergen, um nicht für arrogant gehalten zu werden. Gleichzeitig entfremdete ich mich in dieser Zeit schon allein durch die Entfernung von meinen Eltern.

Als ich den Rucksack wieder aufgesetzt hatte und wir auf dem serpentinenförmigen Pfad voranschritten, fiel mir ein Ereignis aus der Oberstufe ein. »In der zwölften Klasse war ich Mitglied in einem Debattierklub. Wir trainierten einmal pro Woche unsere rhetorischen Fähigkeiten und nahmen am Ende des Jahres an einem Wettbewerb teil. Ich setzte mich ganz unerwartet in der Vorrunde durch und schaffte es sogar bis ins Finale. Einer meiner Kontrahenten spielte jedoch nicht mit fairen Mitteln. Er rührte mir ein Brechmittel in meine Cola, sodass ich mich eine halbe Stunde vor meiner Rede mehrere Male übergeben musste und schließlich kreidebleich, geschwächt und zitternd auf der Bühne stand.«

Wieder hatte ich diesen widerlichen Geschmack im Mund, den ich nie vergessen werde. Bis heute wurmte es mich, dass ich nicht wusste, wer mir diesen üblen Streich gespielt hatte.

»Anstatt mein gewohntes Programm abzuspulen, hielt ich spontan eine Rede über den fairen Wettbewerb. Ich stellte die These auf, dass unsere Gesundheit unser höchstes Gut sein müsse und wir sie nicht dem Streben nach Gewinn opfern dürften. In einer scheinbar aussichtslosen Situation drehte ich so den Spieß um und gewann den Wettbewerb. Obwohl ich diese Rede natürlich nicht geplant und einstudiert hatte, war sie doch die beste Rede, die ich je gehalten habe. Sie kam tief aus meinem Herzen und bewegte die Zuhörer noch mehrere Tage danach.«

»Ich glaube, ich erkenne hier ein Muster«, sagte Bodhi. »Du scheinst die Gabe zu haben, Menschen in Krisensituationen dazu zu bewegen, das Beste zu geben und die Krise erfolgreich zu meistern.«

Während Bodhi sich über diese Erkenntnis freute, überkam mich eine unglaubliche Traurigkeit. Plötzlich liefen Tränen über meine Wangen.

»Was ist los?«, fragte Bodhi besorgt.

»Wenn das meine Mission sein soll, so habe ich auf ganzer Linie versagt!«

»Wie kommst du denn darauf?«

»Als ich 20 war, starb mein Vater.« Ich stockte und musste mich erst fassen. »Er war ein sehr erfolgreicher Unternehmer, doch durch die Wirtschaftskrise kamen auf einmal keine Aufträge mehr rein. Mein Vater konnte sich nie eingestehen, wenn er Hilfe brauchte. Er war es gewohnt, alles in seinem Leben allein zu regeln und auf niemanden angewiesen zu sein. Deshalb wollte er auch trotz seiner starken gesundheitlichen Probleme die drohende Insolvenz seiner Firma allein abwenden. Meiner Mutter und mir erzählte er nie, wie schlecht es wirklich um das Unternehmen bestellt war. Ohne Rücksicht auf seine Gesundheit arbeitete er förmlich bis zum Umfallen und starb mit 55 Jahren an einem Herzinfarkt.«

Ich schluckte. »Verstehst du, ich fühlte mich so machtlos. Überall konnte ich den Helden spielen und Krisen meistern, nur meinen eigenen Vater konnte ich nicht retten!«

Bodhi legte seinen Arm auf meine Schulter. »Oh Mann, das trägst du jetzt seit fast einem Jahrzehnt mit dir rum?«

Es stimmte. Niemals hatte ich mit jemandem darüber gesprochen, wie schuldig ich mich fühlte. Nach außen hatte ich wie immer eine Maske aufgesetzt. Um keinen Preis wollte ich schwach wirken. Anstatt mich einmal richtig mit meinen Gefühlen auseinanderzusetzen und mir Hilfe zu holen, hatte ich mich – genauso wie mein Vater – in die Arbeit gestürzt. Das Studium an einer Eliteuniversität in einem sehr wettbewerbsorientierten Umfeld war genau das Richtige gewesen, um unliebsame Gedanken und Gefühle unter einem Berg von Büchern zu vergraben.

»Felix, wie hättest du denn in dieser Situation mit 20 Jahren deinem Vater helfen können? Wolltest du etwa die amerikanischen Banken daran hindern, den Markt mit wertlosen Papieren zu schwemmen und so die Finanzkrise verhindern? Wolltest du Einfluss nehmen auf die gesamtwirtschaftliche Nachfrage in Europa und die Wirtschaftskrise abwehren? Wolltest du ohne Studium ein komplexes Unternehmen managen und so der Insolvenz entgehen?«

»Ich weiß, es klingt nicht logisch. Es ist nur so, dass mich trotz allem Schuldgefühle plagen. Das ist rational irgendwie nicht zu erklären.«

Einige Meter vor uns tauchte eine kleine Bank auf. Bodhi streifte seinen Rucksack ab und bedeutete mir, es ihm gleichzutun. Wir setzten uns und ich blickte starr in die Ferne. Es war mir nicht möglich, dieses majestätische Panorama zu genießen.

»Tue mir einen Gefallen und schließe deine Augen, Felix. Atme fünf Mal tief in den Bauch ein.«

Ich merkte, wie sich mein zitternder Brustkorb langsam beruhigte. Dann begab ich mich mit meinen geschlossenen Augen zusammen mit Bodhi auf eine meditative Reise in die Vergangenheit. Zwar hatte ich das Gefühl, jederzeit wieder in die Gegenwart zurückkehren zu können, doch befand ich mich gleichzeitig in einem Trance-Zustand. Bodhi führte mich zurück bis zu dem Tag, an dem mein Vater starb.

»Siehst du vor deinem inneren Auge den 20-jährigen Felix, der sich zu Unrecht die Schuld für den Tod seines Vaters auflädt? Ich möchte, dass du ihn in den Arm nimmst und ihn mit der Erkenntnis ausstattest, dass er sein Bestes gegeben hat. Nimm ihm die Last von seinen Schultern ab und sieh, wie er sich zwar traurig, aber ohne Schuldgefühle von seinem Vater verabschiedet.«

Sanft führte mich Bodhi wieder in die Gegenwart zurück. Ich fühlte mich so, als ob ich ein kiloschweres Joch abgelegt hätte. Die Nackenverspannungen, die ich zuvor noch gespürt hatte, waren auf einmal verschwunden. Ein Stück innere Freiheit war zurückgekehrt und erfüllte mich mit einer positiven Energie. Zwar war ich durch die Erinnerung an den Tod meines Vaters immer noch melancholisch gestimmt, doch war dieses Gefühl zum ersten Mal nicht mit dieser inneren kritischen Stimme verbunden, die mich niedermachte. An ihre Stelle trat eine Stimme – war es die Stimme meines Vaters? – die mir in einer mir unbekannten Sprache etwas sagen wollte. Was konnte ich tun, um ihre Botschaft zu entschlüsseln?

Während wir weitergingen, gab ich Bodhi einen Einblick in meinen Gefühlszustand.

»Ich bin zutiefst überzeugt davon, dass auch die negativsten Erlebnisse in unserem Leben einem höheren Sinn folgen«, sagte er, nachdem er mir aufmerksam zugehört hatte. »Wenn es uns gelingt, sie in einem anderen Licht wahrzunehmen und uns mit ihnen auszusöhnen, so können sie uns sogar antreiben, diese Welt positiv zu verändern. Vielleicht möchte dir diese Stimme bei der Formulierung deiner Mission helfen?«

Wir hatten nun den höchsten Punkt der Umgebung erreicht und ließen unseren Blick schweifen. Die Aussicht war atemberaubend. Von hier aus konnten wir sehen, wie unsere Bucht von zwei schmalen Landzungen umrahmt wurde. Hinter uns lag eine hügelige Landschaft. In der Ferne erkannten wir eine Stadt, die ausschließlich aus weißen Häusern zu bestehen schien.

»Einmal pro Woche erklimme ich diesen Berg und denke wieder groß«, sagte Bodhi. »Wir verlieren uns viel zu schnell im Detail und zermürben uns in der täglichen Mühle. Und wenn kein Berg in der Nähe sein sollte, so laufe ich in meinen Gedanken auf einen Gipfel und nehme eine neue Perspektive ein. Komm mal mit, ich möchte dir etwas zeigen.«

Wir gingen ein Stück weiter und kamen zu einem Felsvorsprung. Hier gab es eine steil abfallende Felswand. Ich traute mich kaum, hinunterzuschauen.

»Habe ich schon erwähnt, dass ich an Höhenangst leide?«

Bodhi schien mich nicht zu hören. Stattdessen holte er ein Seil aus seinem Rucksack und band es an einem dicken Haken fest, der an einer bestimmten Stelle in den Stein gemeißelt war.

»Was hast du vor?«, fragte ich mit halb zittriger Stimme.

»Wir lassen uns hier herab und klettern dann wieder hoch. Betrachte es als eine kleine Mutprobe!«

Auf einmal hatte Bodhis Stimme ihren weichen Klang verloren. Normalerweise legte er großen Wert darauf, mir zurückhaltend und bedacht meine Optionen aufzuzeigen. Doch hier wollte er mir keine Wahl zugestehen. Ich fühlte ein starkes Unbehagen in meiner Magengegend. Gleichzeitig vertraute ich diesem Mann, den ich erst seit wenigen Tagen kannte. Er hatte bestimmt einen Plan. Bodhi reichte mir einen Gurt, den ich mir um die Hüften binden sollte. Daran befestigte er das Seil.

»Ich hab das schon tausend Mal gemacht«, versuchte er, mich zu beruhigen.

Ich atmete tief durch und ließ mich langsam Schritt für Schritt an dem Seil herab. Die ersten Meter waren die schlimmsten. Ich konnte gar nicht herunterschauen, geschweige denn die Aussicht genießen. Doch mit jedem weiteren Meter ließ meine Furcht nach und als ich schließlich wieder sicheren Boden unter den Füßen hatte, war ich stolz, diese Mutprobe bestanden zu haben. Bodhi selbst ließ sich mit weiten Sprüngen an dem Seil herab. In ihm steckte trotz seiner großen Weisheit doch ein Adrenalin-Junkie.

»Und jetzt«, frohlockte er, »geht es wieder hinauf. Wir hängen beide am selben Seil, also folge bitte genau meinen Anweisungen!«

Etwas anderes wäre mir nie in den Sinn gekommen. Wieder wurde mir flau in der Magengegend.

»Du wirst sehen, ich habe an der gesamten Felswand Haken angebracht, an denen wir unser Seil einhängen können. So bewegen wir uns langsam und sicher immer weiter nach oben. Schau einfach, wo ich mich mit meinen Händen festhalte und an welchen Stellen ich mich mit meinen Füßen nach oben drücke. Die Kraft kommt viel mehr aus den Beinen, als man annehmen könnte.«

So legten wir los und nach anfänglichen Schwierigkeiten gelang es mir immer besser, Bodhi zu folgen. Er wählte die Herausforderungen genau so, dass ich mich zwar extrem anstrengen musste, es jedoch gerade so schaffte, zum nächst gelegenen Haken zu kommen. Ich war schon wieder im Flow.

»Du machst das ausgezeichnet. Wir können jetzt zur nächsten Mutprobe kommen«, verkündete er.

»Was?«, entfuhr es mir. »Ich finde, das hier ist schon Mutprobe genug!«

»Das Leben beginnt am Ende unserer Komfortzone!«, rief er mir lachend zu. »Für ein kurzes Stück gehst du voran. Siehst du den rot markierten Haken zehn Meter rechts über uns? Du kletterst da hoch und befestigst dort das Seil. Dann folge ich dir.«

Wieder begannen meine Beine zu zittern. »Das Leben beginnt am Ende unserer Komfortzone«, murmelte ich mehrere Male, darauf hoffend, dass die unreflektierte Wiederholung dieses Satzes ihn wahrer machte. Und tatsächlich bewirkte dieses Mantra nach einiger Zeit, dass ich mich in Bewegung setzte. So näherte ich mich langsam aber stetig dem rot markierten Haken. Nur noch ein halber Meter trennte mich von meinem Ziel.

»Klick jetzt das Seil ein!«, rief Bodhi von unten.

Mit der rechten Hand griff ich nach dem Haken, in der linken Hand hielt ich das Seil. Ich führte das Seil nach oben und hing für einen kurzen Moment mit meinem vollen Gewicht am Haken. Da löste sich auf einmal die Verschraubung aus der Felswand. Mein rechter Arm wurde nach hinten geschleudert und ich verlor meinen Stand. Ich stürzte in die Tiefe.

✳✳✳

Innerhalb von Millisekunden pumpte mein Gehirn tonnenweise Adrenalin in meinen Körper und sorgte dafür, dass ich meinen Sturz im Zeitlupenmodus wahrnahm. Ich rauschte an Bodhi vorbei und schaute dabei für eine gefühlte Ewigkeit in seine ozeanblauen Augen. Wer war dieser Mann, den ich mit in den Abgrund reißen würde? Hatte er das womöglich alles absichtlich eingefädelt, dieser selbst ernannte Robin Hood?

Wie ein Kurzfilm zog mein Leben in hunderten von PowerPoint-Folien an mir vorbei. Auf jede Bildfolie folgte eine Textfolie, auf der in großer schwarzer Schrift eine Frage formuliert war:

Soll es das gewesen sein? ...

Wofür bist du auf dieser Erde gewesen? ...

Was wird auf deinem Grabstein stehen?

Ich konnte diese Welt noch nicht verlassen. Nicht jetzt! Auf der letzten Folie stand:

Vielen Dank für deine Aufmerksamkeit!

Abrupt wurde mein Fall durch das Seil gebremst. Mein Gurt bohrte sich unsanft in meine Hüften. Ich baumelte wie ein Marienkäfer an dem Seil hin und her und brauchte bestimmt eine Minute, um mich zu berappeln.

»Wow, ich lebe!«, schrie ich Bodhi zu, der ungefähr zehn Meter über mir an der Felswand hing.

»Wirklich?«, rief er zurück.

***

»Du bist komplett verrückt, Mann!«, knurrte ich ihn an, als wir wieder auf sicherem Boden auf der Spitze des

Berges standen. »Ich brauche jetzt erst einmal eine Pause von dir!«

Ich schnappte mir den Rucksack und lief los, ohne mich ein einziges Mal umzudrehen. In den nun völlig verschwitzten Klamotten stapfte ich den Berg landeinwärts hinab und peilte die weiße Stadt, die etwa 15 Kilometer entfernt von uns lag, an. Irgendwie würde ich mich schon durchschlagen und in die Zivilisation zurückkehren.

Die Nachmittagssonne brannte unerbittlich auf mich herab und mein Nacken und meine Arme färbten sich langsam aber sicher krebsrot. Ich vermisste Lucias leckere vegane Tapas, die sie normalerweise nach der Siesta auftischte. Doch hatte ich mir in den Kopf gesetzt, diese blöde Stadt zu erreichen und Abstand von diesem durchgeknallten Hund zu gewinnen. So hing ich meinen negativen Gedanken nach und verfluchte mich selbst dafür, überhaupt an dieser bekloppten Mutprobe teilgenommen zu haben. Wie konnte Bodhi mein Leben aufs Spiel setzen, nur um mir wieder eine seiner tollen Lektionen zu erteilen?

Die Stadt schien einfach nicht näher zu rücken und meine Kräfte ließen nach der anstrengenden Klettertour langsam aber sicher nach. Völlig erschöpft legte ich mich unter einen Baum, der ein wenig Schatten spendete, um bei einem kleinen Schläfchen neue Energie zu tanken.

✳✳✳

Als ich meine Augen wieder öffnete, war es bereits dunkel. Über mir funkelten mehr als tausend Sterne. Der Schlaf hatte meine Nerven beruhigt. Anstatt in Panik auszubrechen, sah ich trotz der Dunkelheit auf einmal klarer. Ich rief mir drei Dinge ins Gedächtnis, für die ich in diesem Augenblick dankbar war. Mit jedem positiven Gedanken veränderte sich mein Gemütszustand. Was war Bodhis Absicht hinter dieser Mutprobe gewesen? Ich dachte über die Fragen nach, die während des Sturzes in die Tiefe an mir vorbeigezogen waren.

Das Leben könnte jederzeit plötzlich ein Ende finden. Ich hatte es nicht in der Hand, wann ich dieser Welt Lebewohl sagen würde. Aber ich könnte dafür sorgen, dass ich meinem Leben eine Bedeutung verlieh. Ich durfte nicht bis morgen warten, bis ich meine Werte lebte, weil ich vielleicht schon morgen nicht mehr hier verweilte. Ich war selbst verantwortlich dafür, jeden Tag so zu leben, dass ich guten Gewissens und glücklich abdanken könnte.

Plötzlich schoss völlig unerwartet ein Gedanke durch meinen Kopf . . . Ja! Das war es! Ein Sternschnuppenfeuerwerk explodierte am Himmel und erleuchtete die Nacht. Ich hatte meine Mission gefunden. Auf einmal sah ich nicht mehr einfach nur tausende von kleinen gelben Punkten dort oben. Auf einmal erkannte ich ein Sternenbild. Hell und klar leuchtete es dort für mich und wies mir den Weg. Den Weg zurück zur Bucht.

✻✻✻

Schon von Weitem hörte ich die Musik. Sie drang vom Meer zu mir herüber und ließ mich trotz meiner schmerzenden Muskeln die letzten Kilometer bewältigen. Als ich näher kam, sah ich etwa 50 Menschen vor einer kleinen Strandbar stehen, die aufmerksam den Klängen der Band lauschten. Auf der Bühne erkannte ich – wie sollte es anders sein – Bodhi. Mit seiner unvergleichlichen Ausstrahlung zog er das Publikum in seinen Bann, die Zuhörer klebten förmlich an seinen Lippen. Die Musik war ziemlich cool. Eine Mischung aus Jack Johnson und Ben Harper, aber nicht abgekupfert, sondern komplett authentisch. Eben 100 Prozent Bodhi.

Nachdem der Applaus für den letzten Song abgeklungen war, kündigte er das nächste Lied an.

»Die meisten von euch sind Surfer. Ihr versteht das Meer. Ihr wisst, was es bedeutet, auf der Suche nach der perfekten Welle zu sein. Dieser Song ist für euch!«

Perfect Wave

Keep on searching for the perfect wave
You've got to be patient and brave
Never fall into complacence
Don't shy away from experience
Cause it can make you wise
And finally it will favour your fate
So come on, look straight ahead now
Come on, come on, don't be afraid

Keep on, keep on, keep on
Searching for the perfect wave
You've got to be patient and brave
Keep on, keep on, keep on
Waiting for that perfect wave
And feel the wind on your face

You've got to believe in what you do
And the perfect wave will come in blue
Find your passion, train your mind
A priceless treasure is what you'll find
So get up, don't hang around now,
Get up, can't you hear that sound?

Keep on, keep on, keep on
Searching for that perfect wave
You've got to be patient and brave
Keep on, keep on, keep on
Waiting for that wave
Be patient and be strong

And when it comes into sight
You know you're prepared for it
Now go and take it right
And ride it 'till the end
Here it is, made for you,
Taking you high in a world of blue

Wow, was für ein Song. Ich hatte Gänsehaut.

»Hey Felix, du leuchtest ja richtig!«

Es war Lucia, die mich freudig umarmte. Sie trug ein buntes Strandkleid und hielt ein halbvolles Cocktailglas in der Hand.

»Ja, ich habe mir da draußen einen ordentlichen Sonnenbrand geholt«, sagte ich.

»Das meine ich nicht«, antwortete Lucia lachend. »Deine Augen. Sie leuchten auf einmal richtig! Es ist, als ob du etwas herausgefunden hättest, was dich unglaublich zufrieden und glücklich wirken lässt.«

»Ist es so offensichtlich?«, fragte ich.

Sie nickte.

»Ja, ich glaube ich habe so etwas wie meine Bestimmung auf dieser Erde gefunden. Es ist so, als ob alles, worüber wir in den letzten Tagen gesprochen haben, auf einmal ineinanderfließen würde. Es fühlt sich auf jeden Fall verdammt gut und richtig an.«

»Ich freue mich sehr für dich!«, sagte Lucia. »Du wirst merken, wie das Universum da draußen dich ab jetzt dabei unterstützen wird, deiner Bestimmung zu folgen. Mit einem gesunden Vertrauen in das göttliche Prinzip werden sich die Dinge für dich fügen, wenn du auf diesem Weg bleibst.«

»Das göttliche Prinzip?«, fragte ich neugierig.

»Ich tue mich schwer damit, einer bestimmten Religion zu huldigen«, erklärte sie mir. »Doch bin ich überzeugt davon, dass das, was manche Leute als Schicksal bezeichnen, einem göttlichen Prinzip folgt.«

Sie hob ein Sandkorn vom Boden auf. »In diesem kleinen Krümel steckt für mich die ganze Welt. So wie in einem einzigen Song genug Weisheit für ein ganzes Menschenleben vorhanden sein kann, steckt in diesem Körnchen Sand etwas Göttliches. Es ist hier seit Millionen von Jahren. Vielleicht hat heute Morgen ein kleines Kind damit das Fundament seiner Sandburg gebaut. Vielleicht hatte ein Surfer es gestern auf seinem Brett kleben. Jetzt ist es hier bei uns und zeigt mir, wie betrunken ich gerade bin.«

Wir mussten beide laut lachen. Lucia hatte tatsächlich schon vier Mojitos getrunken und lallte ein wenig. Sie verriet mir, dass Bodhi und sie immer beim Strandkonzert, das ein Mal im Monat stattfand, über die Stränge schlugen und sich so richtig gehen ließen.

»Wir pfeifen dann auf die makrobiotische Ernährung und fühlen uns für einen Abend wieder wie 18!«, sagte Lucia euphorisch. »Hier, Felix, probier mal den weltbesten Mojito!«

Amüsiert dachte ich daran, wie ich jahrelang mit Paul darüber gesprochen hatte, wie wir eines Tages bei der Unternehmensberatung aufhören und Cocktails am Strand schlürfen würden. Die Logik dahinter war natürlich, dass wir zunächst zehn Jahre hart arbeiten müssten, um uns das leisten zu können. Doch als ich mich hier unter den versammelten Wellenreitern der Region umschaute, realisierte ich auf einmal, wie wenig man eigentlich brauchte, um den Moment zu genießen. Und steckte nicht genauso wie in Lucias Sandkorn auch in jedem Moment etwas Göttliches?

Aus irgendeinem Grund fiel mir mein Lieblingskinderbuch ein, das mir meine Großmutter häufig vorgelesen hatte. Es ging um eine kleine Maus namens Frederick, die – anstatt wie alle anderen Mäuse auf dem Feld zu arbeiten – die Sonnenstrahlen einfing. Die Mäuse hielten Frederick für faul und unnütz. Doch als im Winter alle gesammelten Vorräte ausgingen und die Mäuse zu verhungern drohten, da begann Frederick, von den wunderschönen Sonnenstrahlen des Sommers zu erzählen. Er hatte kleine Momente wie Schätze gesammelt und erwärmte die Herzen der fast erfrorenen Mäuse nun mit seinen Geschichten.

Wenn ich an meine Kollegen bei der Arbeit dachte, so erschienen sie mir gerade wie die Mäuse aus dieser Erzählung. Sie arbeiteten sehr hart und sammelten Vorräte für eine ferne Zukunft, ohne dabei innezuhalten und die Schönheit des Moments einzufangen.

Ich nahm einen weiteren Schluck vom leckersten Mojito, den ich je getrunken hatte und auch dieser erwärmte meinen Körper. Seit vielen Stunden hatte ich nichts mehr gegessen und so war ich nach dem dritten Drink mindestens genauso betrunken wie Lucia. Das Konzert neigte sich dem Ende entgegen. Lautstark stimmte ich in die Zugabe-Rufe der Menge ein. Bodhi stellte die Band vor und ließ Pablo für seine professionelle Arbeit am Mischpult feiern.

Unter normalen Umständen wäre ich geblieben und hätte bis zum Filmriss weitergetrunken. Doch eine innere Stimme sagte mir, dass es Zeit wäre, zu gehen. Ich vertraute ihr und verließ die Party in dem Moment, in dem es am schönsten war.

Nur noch wenige Meter trennten mich von dem schmalen Pfad, der zum Haus hinaufführte. Da kam plötzlich aus der Dunkelheit ein winselnder Hund auf mich zugelaufen. Es war ein goldener Labrador, der mich mit seiner Schnauze zur Düne stupste.

»Lunes!«, hörte ich eine Frauenstimme rufen. Ich folgte dem Hund, der anscheinend *Montag* auf Spanisch hieß und erkannte bald eine junge Spanierin, die weinend im Sand saß.

»Perdon!«, sagte sie und blickte mich dabei mit ihren braunen Augen traurig an.

»Geht es dir nicht gut?«, fragte ich sie und strengte mich dabei an, nicht betrunken zu wirken.

»Es ist eine längere Geschichte. Ich will dich nicht damit belästigen«, antwortete sie.

»Ich habe Zeit«, sagte ich, obwohl ich eigentlich ziemlich hungrig und müde war.

»Gracias! Mein Name ist übrigens Carla.«

»Das ist ein sehr schöner Name! Ich heiße Felix.«

Sie atmete tief ein und während sich Lunes neben uns niederließ, begann sie zu erzählen.

»Heute habe ich meine Existenzgrundlage verloren. Vor ein paar Jahren habe ich in der Stadt nicht weit entfernt von hier einen Laden aufgemacht, in dem ich meinen selbst gemachten Schmuck verkaufe. Es war ein

Lebenstraum, der damit für mich in Erfüllung gegangen ist.«

»Was ist passiert?«, fragte ich mitfühlend.

»Am Anfang lief es ziemlich gut, bis immer mehr Geschäfte eröffneten, die ähnliche Dinge verkauften. Mein Laden lag zu weit entfernt von den Touristenattraktionen, sodass sich immer seltener Kunden zu mir verirrten. Also ging ich ein großes Risiko ein, verschuldete mich und mietete einen Raum direkt am Marktplatz.«

»Das war sehr mutig!«, lobte ich sie.

»Ja, das war es. Das Problem ist nur, dass ich die Miete für diesen Monat nicht mehr bezahlen kann. Heute war ich bei der Bank und sie haben mir einen weiteren Kredit verweigert. Nächste Woche muss ich ausziehen und wahrscheinlich wie die fliegenden Händler am Strand mein Geld verdienen.«

Während sie sprach, bekam ich schon zum zweiten Mal an diesem Abend eine Gänsehaut. Diese Bucht hatte wirklich etwas Magisches. Vor nur wenigen Stunden hatte ich meine Mission gefunden und nun fand mich hier mitten in der Nacht auf unerklärliche Weise die erste Person, die davon profitieren sollte.

Bodhi hatte mich auf die richtige Fährte geführt. Es war wirklich eine meiner großen Stärken, Menschen in Krisensituationen zu helfen. Indem ich mich ihnen zuwendete, konnte ich meinen Wert *Liebe* leben. Indem ich ihnen Wege aufzeigte, weiter selbstbestimmt zu leben, konnte ich für sie ein Stück *Freiheit* zurückerobern. Gleichzeitig konnte ich so die Voraussetzungen schaffen, dass sie *gesund* und gestärkt aus der Krise hervorgingen.

Es gab nur eine Sache, die mich bisher daran gehindert hatte, diese Bestimmung zu erkennen. Es war mein vermeintliches Versagen kurz vor dem Tod meines Vaters. Die von Bodhi angeleitete Reise in meine Vergangenheit hatte jedoch dazu geführt, dass ich diesen falschen Glaubenssatz endgültig über Bord geworfen und meinen Frieden damit geschlossen hatte. So war es mir plötzlich ganz klar: *Meine Mission ist es, andere Menschen erfolgreich aus Krisensituationen herauszuführen.*

Die Fähigkeiten, die ich während des Studiums und in der Unternehmensberatung erworben hatte, waren dabei keinesfalls wertlos. Das analytische Denken, meine Affinität zu Zahlen und all die Werkzeuge und Tools waren sogar bestens dazu geeignet, besonders Menschen im beruflichen Kontext dabei zu unterstützen, sich neue Perspektive zu erschließen.

Das Einzige, was mir in diesem Puzzle des Lebens gefehlt hatte, war, wie ich meine Berufung nun konkret in die Tat umsetzen konnte. Genau in diesem Moment hatte mir das Universum Carla präsentiert und zeigte mir so einen Weg, wie es gehen konnte. Schon während sie von ihren Sorgen und Problemen erzählte, entwickelte ich in meinem Kopf dutzende von Strategien, die ihr helfen konnten. Es wurde schnell klar, dass sie zwar eine sehr begabte Schmuckdesignerin war, jedoch von Buchhaltung und Marketing sehr wenig verstand. Ich war überzeugt davon, ihr in nur einem Tag wieder auf die Beine helfen zu können.

»Lass mich einen Vorschlag machen, Carla. Morgen früh komme ich in die Stadt und schaue mir dein Geschäft an. Dann entwickeln wir gemeinsam einen Plan, wie du deinen Traum weiterleben kannst.«

Zum ersten Mal lächelte sie. Es war ein wunderschönes Lächeln, das mich zutiefst berührte.

»Aber Felix«, warf sie ein, »wie kommst du dazu, mir zu helfen?«

Eine ungeahnte innere Harmonie und Klarheit ließ mich ihr Lächeln erwidern. Nicht eine Sekunde hatte ich darüber nachgedacht, Carla mit ihrem Problem allein zu lassen. Es fühlte sich einfach nur natürlich und selbstverständlich an, sie in dieser Krisensituation zu unterstützen. So antwortete ich: »Weil ich mir nicht vorstellen kann, dass wir uns hier zufällig begegnet sind.«

Lunes bellte zufrieden.

***

Mit dem ersten Bus am Morgen fuhr ich in die Stadt auf dem Hügel. Ich wollte unbedingt dort sein, bevor die Touristen durch die schmalen Gassen strömten und einen unverfälschten Eindruck von der Atmosphäre gewinnen. Ich war der einzige Erwachsene in einem Bus voller lachender Schulkinder, für die ich anscheinend eine willkommene Attraktion darstellte.

Während ich aus dem Fenster schaute und die Landschaft vorbeiziehen ließ, musste ich an meinen gewöhnlichen Weg zur Arbeit denken. Meistens begann die Woche um sechs Uhr morgens am Frankfurter Flughafen mit einem aufgeklappten Laptop und 50 E-

Mails, die es möglichst schnell zu beantworten galt. Umgeben von Männern in Anzügen und Frauen im Businessdress startete man so in den Montag und war bereits im Hamsterrad, bevor man überhaupt seinen Zielflughafen erreicht hatte.

Zu Beginn meiner Tätigkeit hatte ich das alles unglaublich spannend und aufregend gefunden. Ich liebte Flughäfen und erzählte voller Stolz von meinem Jetset-Leben. Doch nach einer Weile trat ein Gewöhnungseffekt ein und es war nichts Besonderes mehr, mit dem Flugzeug um den Globus zu jagen, um anspruchsvolle Klienten zu beraten. Manchmal wachte ich morgens auf und wusste erst beim Zähneputzen, in welcher Stadt ich mich überhaupt befand. Hatte ich zu Anfang noch geglaubt, auf meinen Reisen auch die Menschen und Sehenswürdigkeiten vor Ort kennenlernen zu können, so wurde ich bald eines Besseren belehrt. In mehr als 30 Städten hatte ich nun schon gearbeitet und kannte nicht viel mehr als den Weg vom Flughafen zum Hotel und den Weg zwischen Hotel und einem Büroturm – meistens in der Dunkelheit der Nacht.

Hier in diesem lauten und bunten Bus fühlte ich mich irgendwie wohl. Natürlich trug ich keinen Anzug und auf meinem Schoß lag auch kein aufgeklappter Laptop. Ich musste niemandem zeigen, dass ich wichtig und beschäftigt war. Stattdessen gestattete ich mir, meinen Gedanken freien Lauf zu lassen und die Muße zu genießen. Ohne es zu forcieren, entstanden so aus dieser inneren Entspannung kreative Geistesblitze, die ein angenehmes Kribbeln in meiner Magengegend verursachten. Es ersetzte das unangenehme Gefühl, das ich dort in den vergangenen Monaten gespürt hatte, wenn ich auf dem Weg zu einem Kunden war.

Der Bus hielt nicht weit entfernt vom Zentrum an einer Schule. Zusammen mit den Schulkindern stieg ich aus und wünschte ihnen einen spannenden Tag. Durch eine schmale Gasse gelangte ich zum Marktplatz, auf dem die Café-Besitzer gerade ihre Tische abwischten und die Stühle herausstellten. Es war ein wunderschöner Platz, der bestimmt viele Touristen anzog. Auf der gegenüberliegenden Seite sah ich Carla vor ihrem Schmuckladen in der Sonne sitzen. Neben ihr lag Lunes und schlief. Als sie mich erspähte, sprang sie freudig auf und winkte mir zu.

»Felix, wie schön, dass du da bist!«, sagte sie, »ich hatte schon befürchtet, unsere Begegnung nur geträumt zu haben.«

So herzlich und dankbar war ich noch nie von einem Klienten begrüßt worden. Es fühlte sich unglaublich gut an und so sprach ich ihr Mut zu. »Gemeinsam werden wir eine Strategie erarbeiten, wie du deinen Traum weiterleben kannst.«

»Vamos, ich bin bereitet!«, erwiderte sie kämpferisch.

Dann löcherte ich sie mit mehr als 100 Fragen. Carla war eine leidenschaftliche junge Frau mit viel Herz und brannte trotz der vielen finanziellen Rückschläge noch immer für ihren Traum. Der Großteil ihrer Ausgaben floss tatsächlich in die halsabschneiderisch hohe Miete des Ladens auf dem Marktplatz. Das Geschäft war zehn Stunden am Tag geöffnet und so blieb Carla kaum Zeit, um neuen Schmuck zu designen und sich dem zu widmen, was sie am meisten ausfüllte und ihr Flow-Erlebnisse bescherte. Auch nutzte sie kaum Online-Kanäle, um ihren Schmuck auf anderen Wegen zu verkaufen.

Wir unterhielten uns für mehrere Stunden, ohne dabei ein einziges Mal auf die Uhr zu blicken. Erst als Lunes langsam ungeduldig wurde, entschieden wir uns, eine Runde durch die Stadt zu drehen und uns bei einem Salat und Tapas zu stärken. Hier drehte Carla den Spieß um und stellte nun mir einige Fragen.

»Wo hast du bloß gelernt, so analytisch zu denken?«, fragte sie. »Mir ist noch nie jemand begegnet, der so intelligent ist wie du!«

»Weißt du«, antwortete ich, »das ist ein Fluch und ein Segen zugleich. Auf der einen Seite hilft es mir sehr, die Dinge schnell zu erfassen und Verknüpfungen zu erstellen, wo andere nur ein Wollknäuel sehen. Doch auf der anderen Seite versperrt mir dieses Denken manchmal den direkten Weg zu meinem Herzen. So war ich bisher zwar erfolgreich, aber nicht unbedingt glücklich.«

»Und ich war bisher glücklich, aber nicht erfolgreich«, entgegnete Carla lachend. »Wie gut, dass wir uns getroffen haben«, sagten wir gleichzeitig und stießen mit unseren Gläsern an.

Am Nachmittag setzte ich mich zusammen mit Lunes auf die kleine Bank vor Carlas Geschäft. Ich beobachtete ihre Kunden und bewunderte die Herzlichkeit und das Engagement, mit dem Carla auf die Menschen zuging und genau das Richtige für sie heraussuchte. Nebenbei erstellte ich einen 10-Punkte-Plan, den es in den kommenden Wochen umzusetzen galt.

Am frühen Abend, als der letzte Kunde das Geschäft verlassen hatte, überreichte ich Carla die Liste. »Wenn du es schaffst, nur drei Punkte von diesem Plan aktiv anzugehen, so wirst du bereits schwarze Zahlen schreiben. Wenn du mehr als fünf Punkte umsetzen kannst, so wirst du sogar sehr komfortabel leben können.«

Über Carlas Wange lief eine Träne der Rührung. »Felix, ich weiß nicht, wie ich dir danken soll! Du bist ein Engel!«

Dann blickte sie mich vielsagend an und verschwand in ihrem kleinen Atelier im hinteren Bereich des Ladens. »Hier, das ist für dich und deine wundervolle Familie in der Bucht.«

Sie reichte mir vier sehr stilvoll designte Armbänder aus hochwertigem Leder mit der Aufschrift *Flow*.

»Volltreffer!«, sagte ich freudig und umarmte sie.

Mit einem inneren Lächeln ließ ich mich noch eine Weile durch die Gassen der Stadt treiben, um schließlich den letzten Bus zurück in die Bucht zu nehmen. Wir fuhren der untergehenden Sonne entgegen. Ich war der glücklichste Mensch, der ich je gewesen war. Ich liebte mein Leben.

Als ich zurückkehrte, saßen Bodhi, Lucia und Pablo bei Kerzenlicht auf ihrer Terrasse. Lucia las ein Buch, während Pablo und Bodhi in ihre Schachpartie vertieft waren. Ich hatte ihnen am Morgen nur einen kleinen Zettel hinterlassen, auf dem ich notiert hatte: *Folge meinem Herzen, bin heute Abend wieder zurück.*

Pablo, der gerade im Begriff war, seinen Vater schachmatt zu setzen, fragte mich ganz unverblümt: »Wie groß ist dein Herz?«

Es war wieder eine von seinen Fragen, bei denen er keine direkte Antwort erwartete. Bis vor wenigen Tagen war ich immer davon ausgegangen, dass ich lediglich eine gewisse Menge an Liebe für andere Personen in mir trug. Schenkte ich anderen Menschen ein Stück davon, so war dieser Vorrat an Zuneigung quasi aufgebraucht. Doch die Begegnungen mit Lucia, Bodhi, Pablo und Carla hatten mir das Gegenteil bewiesen. Je mehr Zuneigung ich für sie empfand, umso größer schien mein Vorrat an Liebe für alle Menschen um mich herum zu werden. Es war, als ob ich eine Quelle angezapft hätte, die nun stärker als je zuvor in mir sprudelte.

»Ich bin gleich schachmatt!«, seufzte Bodhi. »Du kommst gerade richtig, Felix, verschaffe mir hier ein bisschen Luft und erzähl uns von deinem Tag!«

»Das mache ich gerne,« antwortete ich vergnügt, »andere Menschen aus Krisensituationen herauszuführen, ist ja jetzt mein Ding!«

So berichtete ich von meiner Fahrt in die Stadt und meinem Treffen mit Carla. Noch nie hatte ich so enthusiastisch von einem Arbeitstag erzählt, der sich gar nicht angefühlt hatte wie ein Arbeitstag. Wahrscheinlich lag gerade darin das Geheimnis.

»Finde eine Arbeit, die dich erfüllt, und du musst keinen Tag in deinem Leben mehr arbeiten«, fasste Bodhi es treffend zusammen. Der Spruch stammte von Konfuzius. Ich hatte ihn schon einmal auf einem kleinen Schnipsel in einem Glückskeks gelesen, als ich mit meinem Chef in einem sündhaften teuren Sushi-Restaurant mit Blick auf den Pazifik zu Abend gegessen hatte. Wir hatten gerade auf einen erfolgreichen Deal angestoßen und die Weisheiten aus den knusprigen Glückskeksen veralbert. Ich erinnerte mich an den Spruch, den mein Chef selbst gezogen hatte: *Der Lehrer wird erscheinen, wenn du bereit bist!*

Schon wieder bekam ich eine Gänsehaut. Vor zwei Jahren hätte ich tausend Sprüche von Konfuzius lesen können. Über jeden einzelnen von ihnen hätte ich mich wahrscheinlich lustig gemacht. Genauso hätte ich Bodhi auf einer Reise treffen können. Ich hätte ihn für einen nervigen Spinner gehalten. Doch die Erfahrung, wie ein hilfloser kleiner Käfer auf dem Boden meines Badezimmers zu liegen, hatte mich verändert. Ich begriff, dass dieses Erlebnis nicht nur ein Weckruf, sondern auch ein Geschenk für mich gewesen war. Es hatte mir eine Tür für einen neuen Lebensabschnitt geöffnet. Anders hätte ich es wahrscheinlich einfach nicht begriffen. Warum mussten wir bloß immer richtig tief fallen, um über unser Leben neu zu denken?

»Geh mit deiner Dame auf B4«, riet ich Bodhi. An meiner Uni war ich ungeschlagener Schachchampion gewesen.

»Wow, das ist ein genialer Zug!«, frohlockte er.

Pablo blickte mich ein wenig verärgert an. »Dein Vater braucht den Rat dringender als du, so kann er sich wenigstens noch ein paar Minuten über Wasser halten«, sagte ich ein wenig provokativ in Bodhis Richtung.

»Da hat aber jemand Oberwasser«, nahm er mein plumpes Wortspiel scherzhaft auf. »Wenn du jetzt beginnst, mich zu coachen, so habe ich mein Ziel erreicht. Immer dort, wo ein Schüler seinen Lehrer übertrifft, war der Lehrer erfolgreich.«

Wir blickten uns direkt in die Augen, zum ersten Mal seit meinem Sturz an der Felswand. Es war mir ein tiefes Bedürfnis, mich mit ihm zu versöhnen. Erleichtert fielen wir uns in die Arme.

»Ich muss gestehen, dass ich gestern bewusst eine Grenze überschritten habe«, sagte er. »Das habe ich nur getan, um dir den Abnabelungsprozess ein bisschen leichter zu machen. Aus eigener Erfahrung weiß ich, dass uns Abhängigkeitsverhältnisse nicht guttun. Auch wenn es mein Ego ein wenig schmerzt, nicht mehr gebraucht zu werden, so weiß ich doch, dass es das Beste für uns beide ist, ab jetzt wieder mehr unsere eigenen Wege zu gehen.«

»Einverstanden,« antwortete ich, »aber eine Sache gibt es da noch, Coach!«

Bodhi blickte mich fragend an. »Ich möchte vor meinem Rückflug noch einen *Turn* surfen!«

»Ich bin froh, dass du nicht an Selbstüberschätzung leidest und Tunnel gesagt hast«, erwiderte er. Dafür würden wir sehr viel mehr Zeit und absolut perfekte Bedingungen benötigen. Um einen *Turn* zu surfen, brauchst du normalerweise mindestens einen Monat. Doch wenn du morgen früh mit den ersten Sonnenstrahlen fit bist, werden wir es versuchen.«

***

Ohne Wecker wachte ich noch vor dem Morgengrauen auf. Ich aß eine Banane, trank einen Schluck Wasser und zog mir meinen Wetsuit an. Draußen warteten bereits Pablo und Bodhi auf mich.

»Wir haben eine Überraschung für dich!«, sagte Bodhi geheimnisvoll.

Zusammen gingen wir zu einem kleinen Schuppen hinter der Garage, den ich bis dahin noch gar nicht wahrgenommen hatte. Links und rechts waren jeweils sechs Surfbretter aufgereiht. Bei näherer Betrachtung fiel mir auf, dass alle Halterungen mit einer Zahl und einem Namen versehen waren. Bei der Nummer *12* blieben wir stehen. Dort war mein Name in das Holz geschnitzt. Stolz reichte mir Pablo ein dunkelblau schimmerndes Malibu-Board. Unter der Fiberglasschicht waren auf sehr kunstvolle Weise Elemente des

Gemäldes eingearbeitet, das ich vor wenigen Tagen in Lucias Atelier gemalt hatte.

»Es gehört dir, Felix!«, ließ mich Bodhi wissen. »Pablo hat dich im Wasser beobachtet und ein Brett designt, das perfekt zu dir passt.«

Ich war gerührt. Pablo musste in den letzten Tagen unzählige Stunden in der Werkstatt verbracht haben, um in so kurzer Zeit dieses Meisterwerk zu kreieren.

»Oh Mann«, sagte ich, während mir fast die Tränen kamen, »das ist das coolste Geschenk, das ich je bekommen habe! Pablo, du bist der Beste!«

Aufgeregt wie ein kleines Kind trug ich mein erstes eigenes Surfboard den Weg zum Strand hinunter.

»Was hat es mit den Surfboards, die dort im Schuppen stehen, auf sich?«, fragte ich Bodhi neugierig.

»Du bist jetzt Teil eines exklusiven Netzwerkes. Ich bezeichne euch gerne als meine *Krieger des Lichts*. Diese Surfbretter gehören den Menschen, die es in den vergangenen Jahren aus unterschiedlichsten Gründen in die Bucht verschlagen hat und die bei mir das Wellenreiten gelernt haben. Sie alle haben an diesem Ort ihre Bestimmung gefunden und verändern nun täglich die Welt. Einmal pro Jahr treffen wir uns hier gemeinsam, um voneinander zu lernen und neue Dinge auf den Weg zu bringen. So sorgen wir dafür, dass wir unseren Missionen treu bleiben und gleichzeitig mit neuen Inspirationen und Impulsen zu unseren Wirkungsstätten zurückkehren. Oft entstehen Projekte, die wir alle zusammen oder in kleineren Gruppen angehen. Viele tausende

Menschen konnten wir auf diese Weise schon erreichen und ihr Leben bereichern.«

Ich war fasziniert. Das Netzwerk klang geheimnisvoll und spannend zugleich. Es war etwas, wovon ich als kleiner Junge schon immer geträumt hatte.

»Woher kommen die *Krieger des Lichts*?«

»Sie kommen von überall her. Sie stammen aus zwölf verschiedenen Ländern. Auf den ersten Blick wirken sie sehr unterschiedlich, doch eint sie viel mehr, als wir mit dem bloßen Auge erkennen können. Sie verbindet ein unsichtbares Band – ihre bedingungslose Liebe zum Leben und ihr Antrieb, mit ihren individuellen Fähigkeiten und Begabungen andere Menschen zu inspirieren und ihnen zu helfen. Dieses Band ist unglaublich stark. Du wirst es spüren, wenn du in einigen Monaten in die Bucht zurückkommst und die anderen kennenlernst.«

»Bis dahin muss ich allerdings schon etwas vorweisen können«, sagte ich ein wenig besorgt.

»Setz dich nicht zu sehr unter Druck, Felix!«, beruhigte mich Bodhi. »Wenn du dafür sorgst, dass du jeden Tag dein Bestes gibst, um deine persönliche Mission zu erfüllen, so werden die Dinge automatisch passieren. Denk an deine Begegnung mit Carla! Sie soll dich daran erinnern, dass sich das Universum schon bei dir melden wird. In unserem Netzwerk geht es nicht darum zu erzählen, wie toll du bist und was du alles seit dem letzten Treffen geleistet hast. Es ist kein Wettbewerb. Wir freuen uns für die Erfolge der anderen und betrachten sie als Inspiration für unser eigenes Wirken. Dabei geht jeder sein eigenes Tempo.«

»Ich war sofort schon wieder im Leistungsmodus«, klagte ich. »Das erinnert mich an die Surfsession, bei der ich es mir selbst unbedingt beweisen wollte.«

»Genau, es ist wichtig, dass du dem Prozess vertraust! Versuche dich von der Vorstellung zu lösen, dass du heute einen *Turn* schaffen musst. Konzentriere dich stattdessen zu 100 Prozent auf die perfekte Ausführung der Bewegung, die ich dir gleich zeigen werde!«

Bodhi malte geschwungene Linien in den Sand, welche die brechenden Wellen symbolisierten.

»Bei einem *Turn* ist das Wichtigste die Verlagerung deines Körpergewichts. Bewege dich dabei ganz ruhig und nicht zu hektisch. Dein Brett wird dir automatisch folgen. Achte auf die Stellung deiner Füße und richte deinen Blick auf die Welle.«

Wir machten einige Trockenübungen im Sand und Bodhi korrigierte dabei mehrmals meine Position auf dem Brett. Erst als er komplett zufrieden war, gingen wir ins Wasser. Ich musste an meinen ersten Morgen in der Bucht denken, als ich aus einem Albtraum erwacht und mich in einer anderen Welt wiedergefunden hatte. Ein Gefühl der Dankbarkeit erfasste meinen gesamten Körper. Sie machte mich jedoch nicht genügsam oder gar träge, sondern signalisierte mir, dass – egal, was bei dieser Session auch passieren würde – alles gut sei.

Mit diesem Bewusstsein paddelte ich ein letztes Mal hinaus gegen die Wellen, die im Abstand von etwa 15 Sekunden in die Bucht hereinrollten. In einem sogenannten *Channel* wurden wir förmlich auf das Meer hinausgetrieben und konnten unsere Kräfte für den *Take-off* sparen.

Was dann da draußen geschah, lässt sich schwer in Worte fassen. War es Sex mit der Meeresgöttin? Die Verschmelzung von Mensch und Natur? Das Leben des Moments und die ultimative Flow-Erfahrung? Eins werden von Tun und Sein? Egal, wie man es bezeichnen möchte: Es war das Geilste, was ich je erlebt habe.

Epilog

Als wir ein letztes Mal den kleinen Weg zum Haus hinaufgingen und ich meinen Blick über die Bucht schweifen ließ, wurde ich auf einmal melancholisch.

»Ab jetzt hast du hier ein zweites Zuhause«, sagte Bodhi, der meinen Stimmungswandel sofort bemerkt hatte.

»Schon bald wirst du zurückkehren und dein Brett wieder in den Händen halten dürfen. Du wirst auf neue inspirierende Menschen treffen und die motivierende Kraft gemeinsamer Visionen spüren.«

»Okay«, antwortete ich, »ich glaube, dass ich bereit bin, in mein neues altes Leben zurückzukehren. Jetzt musst du mir nur noch meinen Mietwagen zurückgeben und mir zeigen, wie ich diesen wunderbaren Ort auf der Karte finde.«

»Das kann ich leider nicht!«, erwiderte er.

»Wie meinst du das?«, fragte ich verdutzt.

»Dieser Ort existiert nur in deinem Herzen!«

***

Wie aus dem Off hörte ich Pauls Stimme.

»Hey Felix, alles gut?«

Verwirrt schlug ich meine Augen auf. Ich lag in meinem Bett in meiner Wohnung im Frankfurter Westend. Neben mir saß Paul auf einem schwarzen Ledersessel und wandte seinen Blick vom Bildschirm seines Laptops zu mir.

»Du musst viel wirres Zeug geträumt haben. Du hast dich hin- und herbewegt, als hättest du mit einem Hai im Wasser gekämpft. Außerdem hast du irgendetwas von einer *Mission* gefaselt.«

Langsam dämmerte es mir: Hatte ich wirklich alles nur geträumt? Ungläubig griff ich zu meinem Handy, das neben mir auf dem Nachtisch lag. Seitdem ich Paul verzweifelt angerufen hatte, waren 12 Stunden vergangen und 59 Nachrichten in meinem Postfach eingegangen.

»Du siehst echt noch genauso mies aus wie gestern Nacht«, stellte er wenig charmant fest. »Aber deine Augen leuchten irgendwie.«

Ich setzte mich behutsam auf und merkte, wie schwer und träge meine Glieder immer noch waren. Es stimmte mich traurig, dass dieser magische Ort und diese wunderbaren Menschen, die ich so liebgewonnen hatte, gar nicht real existierten. Gleichzeitig war ich unglaublich dankbar dafür, dass ich mich an jedes Detail meines Traums erinnern konnte.

»Meinst du wirklich, dass du ein Burn-out hast?«, fragte Paul.

»Das muss, glaube ich, jemand beurteilen, der sich damit auskennt. Aber ich weiß auf jeden Fall, dass ich so nicht weitermachen kann. Ich will etwas verändern!«

In diesem Moment schickte die Sonne einen hellen Lichtstrahl durch das bodentiefe Schlafzimmerfenster.

Paul hakte nach: »Wie stellst du dir das vor? Willst du kündigen?«

»Keine Ahnung, das kann ich nicht hier und jetzt entscheiden. Das tue ich in aller Ruhe am Meer.«

»Das klingt so, als ob du länger unterwegs sein möchtest.«

Ich schaute aus dem Fenster und betrachtete für eine Weile die vorbeiziehenden Wolken am Himmel, die sich nun wieder vor die Sonne schoben.

»Ja«, antwortete ich bestimmt. »Ich werde mir eine Auszeit gönnen und einfach mit dem Flow gehen. Und dieses Gerät«, fügte ich hinzu, während ich auf die Off-Taste meines Handys drückte, »wird nicht dabei sein.«